일본문학 총서 6

유메노 규사쿠夢野久作 단편 추리소설
소녀 지옥少女地獄

박용만 옮김
이성규 감수

도서출판 시간의물레

소녀 지옥 少女地獄

차례

■ 저자 소개: 유메노 규사쿠夢野久作 / 4
■ 역자 머리말 / 7

I. 『아무것도 아니다何んでも無い』 ············ 13

II. 『살인 릴레이殺人リレー』 ············ 135
  첫 번째 편지 ············ 135
  두 번째 편지 ············ 144
  세 번째 편지 ············ 147
  네 번째 편지 ············ 149
  다섯 번째 편지 ············ 154
  여섯 번째 편지 ············ 160

III. 『화성 여자火星の女』 ············ 163

■ 저자 소개

 유메노 규사쿠(夢野久作)는 1889년 1월 4일에 규슈지방 후쿠오카(福岡)현(縣)에서 태어났다. 부모가 일찍 이혼하여 할아버지 밑에서 자란 유메노(夢野)는 어린 시절 4서5경(四書五経) 등의 교육을 받게 된다. 후쿠오카 현립(県立) 중학(中学) 수유관(修猷館 ; 현 수유관고등학교)에 입학하여 종교, 문학, 음악, 미술에 심취했고, 특히 테니스에 몰두해서 기말시험을 포기하여 유급이 되었을 정도였다고 한다. 그 후 게이오기주쿠(慶應義塾) 대학에 들어갔으나, 아버지의 권유로 대학을 중퇴하고 고향에 돌아와 농원을 운영하기도 했다. 출가하여 선승(禅僧)이 되었고, 출가명은 스기야마 야스미치(杉山泰道), 선승으로서의 이름은 운스이(雲水)이다. 또한 육군소위로 군대 생활도 하였으며 우체국장을 역임하기도 하는 등 독특한 이력을 지니고 있다.

 필명 스기야마 호엔(杉山萠圓)은 옛 후쿠오카 지방의 방언으로 몽상가, 꿈만 꾸는 사람이라는 의미를 지니고 있다. 3대 기서(奇書)의 하나인 『도구라·마구라(ドグラ·マグラ)』를 비롯한 시골 풍토를 자아내는 호러(공포물)와 괴기 환상의 색채가 짙은

작풍으로 유명하다.

유메노 규사쿠는 1926년에 『괴이한 북(あやかしの鼓)』이라는 작품으로 데뷔하는데 그 후 『병조림지옥(瓶詰の地獄)』(1928년), 『삽화의 기적(押絵の奇蹟)』(1929), 『사갱(斜坑 ; 비스듬한 갱도)』(1932), 『얼음의 절벽(氷の涯)』(1933), 『도구라·마구라(ドグラ·マグラ)』(1935), 『소녀지옥(少女地獄)』(1936) 등의 작품을 발표한다.

특히 1929년에 발표한 『오시에의 기적(押絵の奇蹟)』은 에도가와 란포(江川乱歩)로부터 극찬을 받았고 1932년에 『신청년(新青年)』에 발표한 『사갱(斜坑 ; 비스듬한 갱도)』은 '상당히 풍부한 감정에 감탄했다'라는 감상평을 듣기도 했다.

유메노 규사쿠는 그의 작품에서 몇 가지의 특징적인 수법을 구사하고 있다. 그 하나는 한 사람의 인물이 회화체로 끊임없이 사건의 전말을 밝혀가는 독백체 형식을 사용하는 것으로 대표적인 작품에는 『중국쌀 봉지(支那米の袋)』(1929), 『악마기도서(悪魔祈祷書)』(1936) 등이 있다. 다른 하나는 서간문 형식을 그대로 지문으로 사용한 작품인데 『병에 넣은 지옥(瓶詰の地獄)』(1928), 『소녀지옥(少女地獄)』(1936) 등이 대표작이다.

이와 같이 다양한 이력에 기초하여 풍부한 상상력으로 집필

활동을 하던 유메노 규사쿠는 구상과 집필에만 10년 이상 걸린 대표작 『도구라·마구라(ドグラ·マグラ)』가 1935년 1월에 쇼하쿠칸쇼텐(松柏館書店)에서 간행되어 출판 기념회도 열렸다.

 이듬해, 1936년 3월 11일 시부이(渋谷)구(区) 난페이다이초(南平台町) 자택에서 아버지의 부채 정리를 맡겼던 아사히 빌딩의 중역인 하야시 히로시(林博)를 영접하여 보고서를 받은 후, "오늘은 좋은 날씨군요….." 웃으면서 말을 거는 순간 뇌일혈을 일으켜 그대로 사망한다. 향년 47세.

■ 역자 머리말

 본서는 유메노 규사쿠(夢野久作)의 단편 추리소설집 『소녀지옥(少女地獄)』을 번역한 것으로, 원본은 1936년 구로시로쇼보(黑白書房)에서 간행되었다. 3편 중에서 「살인 릴레이(殺人リレー)」는 『신청년(新青年)』의 1934년 10월호에 게재되었다.
 이번 역서에 사용한 저본(底本)은 1976년 발행된 가도카와쇼텐(角川書店) 가도카와분코(角川文庫)의 『소녀지옥(少女地獄)』으로, 1990년 2월 20일에 26쇄가 출간되는 등 아직까지 두터운 독자층을 가지고 있다.

 『소녀지옥(少女地獄)』에 수록되어 있는 3편의 단편소설에는 남성 중심의 사회 속에서 강하게 살아가는 여성의 모습이 그려지고 있다는 공통점이 있다. 그런 점에서 일본 근대문학에서는 여자를 탐닉하는 남성의 모습을 그리는 것이 주류였던 것과 비교하면 신선하다고 평할 수 있다.

 『아무것도 아니다(何んでも無い)』는 우스키 리헤이(臼杵利平)의 이비과(耳鼻科)에서 간호부로 일했던 주인공 히메쿠사 유리코((姬草ユリ子)의 자살을 알리는 편지로부터 이야기가 시작되고

그녀와의 만남에 관해 회상하는 형식으로 전개된다. 그녀는 매우 뛰어나고 환자들로부터의 평판도 좋아 병원의 평판은 점점 올라간다. 그런데 여주인공은 우스키 병원에 오기 전에 K대 이비과에서 간호사로 근무했고, 만나는 사람을 모두 매료시키는 여성이었는데 실은 그녀가 천재적인 거짓말쟁이란 것이 탄로난다.

이야기의 도입부에서는 우스키는 히메쿠사 유리코라는 인물을 "결국 그녀 자신을 자신이 만들어낸 지옥 두루마리의 맨 밑바닥에 매장시켜야만 했던 것입니다. 그 지옥 두루마리의 실재를 자신의 죽음에 의해 뒷받침하고자 했으며 우리와 같은 사람들을 불교의 이른바 '영겁의 전율', '공포의 무간지대'로 추락시켜야만 한다는…."과 같이 묘사하고 있다.

그러나 그녀는 '정신병'을 앓고 있었으며, 그녀가 어두운 자신의 과거나 신세를 극복하기 위해 자기 자신을 꾸미고, 병적인 거짓말을 통하여 완벽한 인간을 연기하고자 했지만, 실은 그녀의 내면은 제목과 같이 '아무것도 아니다'라고 맺는다.

『살인 릴레이(殺人リレー)』는 미나토·버스의 여자 차장인 도모나리 도미코(友成トミ子)가 야마시타 치에코(山下智惠子)에게 보낸 총 6편의 서간문으로 구성되어 있다. 도미코(トミ子)의 초등

학교 동창인 쓰키카와 쓰야코(月川艶子)는 니타카(新高)라는 운전사에게 살해당할지 모른다는 불안한 내용의 편지를 보냈다고 한다. 도미코는 당초 쓰야코의 원수를 갚으려고 니타카에게 접근했는데 점차 자기도 모르게 그에게 이끌리고 만다. 그리고 기회를 노려 도미코는 니타카와 열차에서 부부 동반자살을 꾀하는데 자신은 살아남게 된다. 그 순간은 쓰야코의 원수를 갚았다는 것에 즐거움을 느끼지만, 마지막 편지에서는 "나는 니타카 씨와 '부부 정사(情死, 동반자살)'를 해 보고 싶었던 것이에요. 그리고 가능하면 나만 살아남고 싶었던 거지요."라고 심경을 밝히고 있다.

도미코의 감정은 날로 변화되어 무엇이 목적인지 알기 어렵게 이야기가 전개되는데, 남자를 사랑하고 남자에게 사랑받으면서 남자에게 빠지지 않고 여자로서 강하게 살아가는 것이 그녀의 진정한 바람이었다고 이야기를 맺고 있다.

『화성 여자(火星の女)』는 현립(県立) 고등여학교(高等女学校)에서 발견된 불에 타 죽은 여자는 다름 아닌 그 학교의 '화성 여자(火星の女)'라는 것으로 시작된다.

그럼 그녀는 왜 그 학교의 교장에게 복수를 하지 않으면 안 되었을까? 교장 모리스 레이조(森栖礼造)는 기독교 신자로 교육 사업에 평생을 바치기 위해 독신 생활을 계속했고, 교장이란 중책을 맡은 후 한 번의 추태도 없어서 현(縣) 안의 모든 지역에서 모범적인 교장으로 명성이 자자한 인물이었다. 그러면 복수를 위해 검게 탄(구로코게) 시신을 바친 것에는 어떤 의미가 담겨 있을까? 그녀는 상급생 남자들로부터도 '화성씨'라고 불리는 등 사람들에게 조롱받기 위해 태어난 못 생기고 꺽다리인 자기 자신을 전부 알아야 했다.

그런데 어느 날 그녀가 교정 헛간에서 쉬고 있을 때, 교장과 가와무라(川村) 서기가 학교 기부금을 횡령할 계획을 짜고 있는 것을 목격하고 만다. 그리고 졸업식 날 일단 집에 돌아가고 나서 여느 때와 마찬가지로 헛간에서 쉬고 있을 때, 갑자기 교장으로부터 "이 홀몸의 가엾은 늙은이 고민을 들어 주시는 것은 당신 한 분입니다. 당신 없이는 저는 살아갈 수 없어졌습니다. 이 가련하고 외로운 늙은이를 구해줘!"라는 말에 그대로 처녀성을 빼앗기게 된다. 주인공은 나중에 교장이 자기를 영어 교사인 도라마 도라코(虎間トラ子)로 착각한 것을 알게 되지만 이미 소녀로서 교장은 특별한 존재가 되고 만다. 겉으로는 모범적인 교육자인 체하면서 뒤로는 더러운 범죄에 손을 대고, 여성을 쾌락의 도구로 다루는 교장의 모습을 본 순진무구한 소녀는 교장에게 복수를 결심하게 된다.

자신의 육체를 여자로 만들어 준, 단 한 사람의 남성에게 여자인지 남자인지 알 수 없는 검게 탄 자신의 시신을 바침으로써 소녀 자신에게 향한 사랑을 원했던 것이다. 여자로서도 지구인으로 취급받지 못했던 소녀가 아이러니하게도 교장의 레이프(강간)에 의해 인간이 여성으로서 인정받는 즐거움을 알고 말았던 것이다.

그리고 이 작품에는 주인공과 도노미야 아이코((殿宮アイ子) 사이에 "둘이서 모던 사진관에 가서 기념사진을 찍고 거기 사진관 살롱에서 둘이 껴안고 길고 긴 입맞춤을 했는데, 두 사람 모두 눈물에 젖어 서로의 얼굴이 보이지 않게 되었습니다."와 같이 동성애를 암시하는 표현이 있는 점도 시대적으로 특이하다고 할 수 있다.

역자인 박용만은 본문 비판, 윤문 번역, 주, 해설에 관해 지도교수인 이성규 선생님의 각별한 지도와 감수를 받았다. 그리고 본문의 일부 어휘 및 표현에 관해서는 인하대학교 대학원 박사과정 일본어학 전공의 나카무라 유리(中村有里)님(인천대학교)의 다대한 조언을 받았기에 여기에 감사의 뜻을 표한다.

2022년 11월 10일

Ⅰ. 아무것도 아니다何んでも無い

시라타카 히데마로(白鷹秀麿)형(兄)[1] 귀하
우스키 리헤이(臼杵利平)

소생은 일전에 마루노우치(丸の内) 구락부(倶楽部)의 고보쿠가이(庚戌会, 경술회)에서 단시간 만나 뵙는 영광을 얻은 자로서 귀형(貴兄)과 마찬가지로 규슈(九州)제국대학 이비과(耳鼻科)[2] 출신의 후배입니다. 지난 쇼와(昭和) 8년(1933년) 6월 초순부터 이곳 요코하마(横浜) 시(市)의 미야자키초(宮崎町)에 우스키(臼杵)이비과의 네온사인을 내걸고 있는 사람입니다만, 갑자기 이런 괴기한 편지를 드리는 결례를 용서해 주십시오.

히메쿠사 유리코(姫草ユリ子)가 자살했습니다.
그 이름대로 가련하고 청정무구(清浄無垢)[3]한 모습을 한 그

---
1) 형(兄) : 친한 선배·친구 성명 등에 붙여 경의를 나타내는 접미사인데, '군(君, くん)'보다 정중한 말씨로 남자 사이의 편지 등에서 사용된다.
2) 이비과(耳鼻科) : 의학 중에서 귀, 코, 목구멍, 기관, 식도의 병을 전문적으로 치료하는 분야. 이비인후과.

녀는 귀하와 소생의 이름을 저주하면서 자살한 것입니다. 그 비둘기 같은 작은 가슴에 떠오른 아무 근거도 없는 망상에 의해 귀하와 소생의 가정은 말할 것도 없이 도쿄 전체의 신문지, 경시청(警視庁), 가나가와(神奈川)현(県) 사법 당국까지도 그 거짓 천국을 구성하는 재료로 짜 넣을 작정으로 오히려 일종의 전율해야 할 협박 관념의 지옥 두루마리(地獄絵巻)4)를 그려서 나타내기 시작한 그녀는 마침내 그녀 자신을 그 자신이 창작한 지옥 두루마리(地獄絵巻)의 구렁텅이에 매장해 버리지 않으면 안 되게 되었습니다. 그 지옥 두루마리의 실재를 자기 죽음으로 증명하여 소생 등을 불교의 소위 영겁의 전율, 공포의 무간지옥(無間地獄, 팔열 지옥의 하나)으로 밀어 떨어뜨리려고···.

그 언뜻 보기에 지극히 평범하고 아무것도 아닌 사건의 연속처럼 보이는 그녀의 거짓의 이면에 맥동하는 매우 이상한 소녀의 심리작용의 무시무시함. 그 심리작용에 대한 그녀의 집착을 소생은 귀하에 대해 하나하나 설명하고 해부하고 분석해 나가야 하는 이상한 책임을 지고 있는 사람입니다.

더욱이 매우 곤란한 일종의 이상한 책임은 금일 오후, 뜻하지 않은 미지의 인물로부터 제 양어깨에 던져진 것입니다. 따라서

---

3) 청정무구(清浄無垢) : 청아하고 더러움이 없는 모습.
4) 지옥 두루마리(地獄絵巻) : 지옥 세계를 두루마리.

이 다소 특별한 보고서도 불가사의한 미지의 인물부터 순서대로 써 내려 가고자 합니다.

금일 오후 1시경의 일이었습니다.

중태의 뇌막염 환자 수술 때문에 몹시 지친 저는, 외래환자가 끊긴 진찰실의 긴 의자에 누워 유리창 너머 보이는 요코하마 항구 내의 기적 소리와 창 아래 도로의 소음을 뒤섞어 들으면서 꾸벅꾸벅 졸고 있었는데 갑자기 현관 벨이 울리더니, 한 명의 검은 남성의 그림자가 미끄러지듯 들어왔습니다.

벌떡 일어나 보니, 그것은 흡사 외국 영화에 나오는 명탐정과 같은 풍채를 한 남자였습니다. 나이는 44, 45세 정도 되었을까요? 얼굴이 길고, 눈썹이 짙고 두터운, 오똑하고 기품이 있는 콧날 양쪽으로 길게 갈라진 눈이 움푹 들어가서 예리하고 검은빛을 발하고 있는 것은 일단 일본식 셜록홈즈와 같은 느낌이었습니다. 전체 피부색이 저와 같이 검푸르고 날씬하고 뼈대가 굵은 몸에 차분하고 단정한 검은 바탕천의 상복(喪服), 금방 산 것 같은 검은 베레모, 마찬가지로 검은 에나멜 구두, 은두(銀頭)의 사목(蛇木)으로 만든 지팡이라는 조금도 빈틈이 없는 태도와 풍채로, 진찰실 문을 뒷짐 지고 조용히 닫고는 저 혼자 있는 실내를 힐끗 한눈에 둘러보면서 멈춰 서서 정중하게 모자를 벗고 가운데가 빠진 머리를 숙였습니다.

경솔한 저는 이 인물을 새로 온 환자라고 생각해서 사근사근 일어났습니다.

우스키 "자 앉으세요."

하며 자코비안으로 두른 작은 의자를 권했습니다.

우스키 "제가 우스키입니다."

그러나 상대의 신사는 여전히 검고 차가운 그림자처럼 우두커니 서 있었습니다. 조금 눈을 내리뜨고 … 알고 있다 … 라고 말하는 듯한 표정으로 한마디의 말도 하지 않았습니다. 그 사이에 창백한 털복숭이의 손을 조끼 안주머니에 집어넣고 한 장의 카드 모양의 종잇조각을 꺼내서는 제 얼굴을 의미 있는 듯 힐끗 바라다보면서 옆에 있는 카드 테이블 위에 놓고 제 쪽으로 밀어 주었습니다.

그래서 저는 우습게도 '왔구나! 벙어리 환자가 왔구나!' 하고 생각하면서 그 종잇조각을 집어 올려 보니 의외로 서투른 초등학생이 쓴 듯한 글자로 똑똑히 "히메쿠사 유리코의 행방을 아십니까?"라고 쓰여 있는 것입니다.

저는 아연실색하여 그 남자를 올려다보았습니다. 키가 5척(尺)[5] 7, 8촌(寸)[6]이나 되었을까요?

우스키 "예예, 잘 모르겠네요. 말없이 나가서…."

라고 즉답을 했지만, 그 찰나에 '그러고 보니 이 남자가 히메쿠사의 흑막이군. 뭔가 나를 위협하러 온 거군!'이라는 직감에 바로 '똥이나 처먹어라'라는 각오를 마음속으로 다짐했습니다. 그러나 겉으로는 그런 기색을 보이지 않으려고 평범한 개업의(開業医) 같이 멍청한 태도를 취했습니다. 히메쿠사 유리코의 행방을 몰라서 다행이다. 안다고 했다면 상대가 금방 그것을 기회로 삼아 협박했겠지….라고 마음속으로 생각하면서….

상대 신사는 그런 내 얼굴을 그 검고 차갑고 집념 강한 눈초리로 십여 초간 응시하고 있었지만 얼마 후 다시 조끼 안쪽에서 흰 봉투를 하나 찾아내서 공손하게 내 앞에 두었습니다. '보십시오'라는 식으로 엷은 웃음을 띠면서….

흰 봉투의 내용물은 흔한 편지지였지만 글씨는 틀림없이 히메쿠사의 펜글씨로, 군데군데 지저분하게 번져있거나 기묘하게 흔들린 점이 왠지 모르게 기분 나빴습니다.

---

5) 척(尺) : 길이의 단위로 1척(尺, 자)은 1촌(寸, 치)의 열 배로 약 30.3cm에 상당한다.
6) 촌(寸) : 길이의 단위로 1촌(寸, 치)은 1척(尺, 자)의 10분의 1 또는 약 3.03cm에 상당한다.

시라타카 선생님
우스키 선생님

소첩은 자살하겠습니다. 두 분께 폐가 되지 않도록 쓰키지(築地) 부인과병원, 만다라(曼陀羅) 선생님의 병실에서 자살하겠습니다. 자궁병으로 입원하던 중에 디프테리아(diphteria)성 심장마비로 죽은 것처럼 처리해 달라고 만다라 선생님께 부탁해 두겠습니다.

시라타카 선생님 우스키 선생님
두 분께서 소첩에게 베풀어주신 애정과 그 애정을 받아들인 소첩을 미워하지 않으시고 육친의 여동생처럼 귀여워해 주셨습니다. 두 분 사모님의 은혜를 소첩은 죽어도 잊지 못할 것 같아요. 그러하오니 그 사모님들의 고상하고 고마운 은혜의 만 분의 일이라도 갚고 싶은 생각에서 소첩은 이렇게 몰래 자살하는 것입니다. 제 작은 영혼은 이제부터 두 분의 가정의 평화를 영원히 지키겠지요.

소첩이 숨을 거둔다면, 눈을 감고 입을 다문다면, 지금까지 소첩이 보거나 들은 사실은 모두 흔적도 없는 거짓이 되어, 두 분 선생님들께서는 안심하고 정숙하고 아름다우신 사모님들과 평화스러운 가정을 지켜나가실 수 있으리라고 사료됩니다.

죄 많고 죄 많은 유리코.

히메쿠사 유리코는 이 세상에서 소망을 잃었습니다.

두 분 선생님과 같은 훌륭하신 지위와 명성이 있는 분들께서도 소첩의 진심을 믿어 주시지 않는 이 세상에 무슨 소망이 있겠습니까? 사회적으로 지위와 명예가 있는 분의 말씀은 설령 거짓이라도 진짜가 되고, 아무것도 모르는 순진한 소녀의 말은 설사 사실이라 해도 거짓이 되어 가는 세상에 무슨 사는 보람이 있겠습니까?
안녕히 계세요.
시라타카 선생님 우스키 선생님
가련한 유리코는 죽어 갑니다.
부디 안심하시옵소서.

쇼와(昭和) 8년(1933년) 12월 3일
메쿠사 유리코

이 편지는 이미 다미야(田宮) 특고(特高)[7] 과장에게 건넨 실물의 사본으로 귀하께 보여 드리기 위해 복사해 둔 것입니다만, 이것을 처음 읽었을 때도 저는 아무런 느낌도 받지 않고 있을 수 있었습니다. 여전히 기가 막힌 멍청한 얼굴로 상대의 예리한 시선을 거리낌 없이 마주 쳐다보면서 질문했습니다.

우스키 "허! 귀하가 이 편지의 만다라 선생님?…"
만다라 "그렇습니다."

상대는 비로소 입을 열었습니다. 목이 쉬고 배에서 나오는 우람한 목소리였습니다.

---

7) 특고(特高) : 일본 구 경찰 제도에서 정치·사상 관계를 담당했던 '특별고등경찰(特別高等警察)'의 준말.

우스키 "벌써 시신은 처리되었나요?"

만다라 "화장해서 유골을 보관하고 있습니다만… 사후 사흘째이니까요."

우스키 "히메쿠사가 부탁한 대로 진행하고 있는 것입니까?"

만다라 "그렇습니다."

우스키 "무엇으로 자살한 건가요?"

만다라 "모르핀의 피하주사로 죽었습니다. 어디에서 입수한 것인지 모릅니다만…."

여기에서 상대는 살피는 듯이 제 얼굴을 보았지만, 저는 여전히 무표정한 강직함을 유지했습니다. 만다라 원장의 눈빛이 부드러워졌습니다. 약간 비뚤어진 입술이 가볍게 움직이기 시작했습니다.

만다라 "지난달… 11월 21일입니다. 히메쿠사 씨는 상당히 위중한 자궁내막염으로 제 병원에 입원했는데 그러는 사이에 밖에서 감염된 듯한 디프테리아에 걸려서 말이지요. 그것이 가까스로 낫기 시작했다고 생각했는데…"

우스키 "이비인후과 전문의에게 진찰받았습니까?"

만다라 "아뇨. 디프테리아 정도의 주사라면 이비인후과 전문의가 아니어도 병원 내에서 하고 있습니다."

우스키 "음 그렇군요. …"

만다라 "그것이 가까스로 낫기 시작했다고 생각했는지 이번 달 3일 밤 12시 마지막 체온을 재고 나서 직접 모르핀을 주사한 것 같습니다. 4일의 … 맞다 … *그끄저께* 아침에 시트 안에서 싸늘해진 것을 간호부가 발견했는데 …"

우스키 "시중드는 사람도 없었습니까?"

만다라 "본인이 필요 없다고 말해서요."

우스키 "역시 그렇군요."

만다라 "깔끔히 아름답게 화장을 하고 볼연지와 입술연지를 발라서 사후 경직이라고는 생각되지 않을 정도였지만 … 살아 있을 때처럼 미소를 띠고 있어서요. 실로 끔찍한 생각이 들었어요. 이 유서가 베개 밑에 있었는데 …"

우스키 "검시(檢屍)[8]는 받으셨습니까?"

만다라 "아니오."

우스키 "어째서입니까? 의사법 위반이 되지는 않습니까?"

---

8) 검시(檢屍) : 사람의 사망이 범죄로 인한 것인지를 판단하기 위해 수사 기관이 변사체를 조사하는 것.

상대는 조용히 제 눈동자를 응시했다. 자못 악당 같은 냉정한 웃음을 지었다.

만다라 "검시를 받으면 이 편지 내용이 공공연하게 드러날 우려가 있어서요. 동업자의 정의(情誼)라는 것이 있으니까요."

우스키 "음 그렇군요. 고마워요. 그러고 보니 귀하께서는 유리코의 말을 믿고 계시는군요."

만다라 "그 정도의 용모를 지닌 여자가 무의미하게 죽을 거라고는 생각되지 않습니다. 어지간한 일이 아니면…."

우스키 "요컨대 그 시라타카라는 인물과 내가 둘이서 히메쿠사 유리코를 노리개로 삼은 뒤에 무정하게 내쳐 자살하게 만들었다고 믿고 계시는군요, 귀하는…."

만다라 "네… 그런 사실의 유무를 여쭤보러 온 것입니다만. 일을 복잡하게 만들고 싶지 않아서요…."

우스키 "귀하는 히메쿠사 유리코의 친척분입니까?"

만다라 "아니오. 아무 관계도 아닙니다만, 그러나…."

우스키 "예예, 그러면 귀하도 우리와 마찬가지로 피해자의 한 사람입니다. 히메쿠사에게 속아서 의사법 위반을 억지로 하게 되신 거지요."

상대의 얼굴이 갑자기 악마처럼 험악해졌습니다.

만다라 "괘씸하군! 그 증거는 있습니까? ….

우스키 "증거 말입니까? 다른 피해자 한 사람을 부르면, 금방 알 수 있습니다."

만다라 "불러 보세요. 괘씸하기 짝이 없군. … 죄(罪)도 업(業)도 없는 사자의 유지(遺志)를 모독하는 것입니까?"

우스키 "불러도 되지요?"

만다라 "아무쪼록 … 바로 부탁합니다."

저는 탁상전화기를 집어 들고 가나가와(神奈川)현청(県庁)에 전화를 걸어 특고(特高) 과장실을 연결해 달라고 부탁했습니다.

우스키 "아, 다미야 특고 과장님입니까? 우스키입니다. 지난번의 히메쿠사에 관한 건은 여러모로 감사합니다. 그런데 갑자기 이런 말씀을 드려 … 다망하실 텐데 정말 죄송하지만, 즉시 병원으로 와 주실 수 없겠습니까? 히메쿠사 유리코의 행방을 알았습니다. … 아니 그게 죽었습니다. 어떤 곳에서 … 실은 히메쿠사 유리코의 피해자가 또 한 사람 나온 것입니다. 아뇨, 아뇨. 이번 것은 진짜입니다. 꽤 피해가 심각합니다.

쓰쿠지(築地) 만다라(曼陀羅) 병원장이라고 하시는 분입니다만… 그렇습니다, 그렇습니다. … 들은 적이 없는 병원입니다만… 바로 그녀의 독특한 속임수에 걸려 의사법 위반까지 하게 된 사실을 설명하러 일부러 이쪽에 와 계십니다만. 히메쿠사 유리코의 자살 시신의 유골을 보관하고 계신다고 합니다만… 그렇습니다, 그렇습니다. 당치도 않은 이야기입니다만 사실입니다. 지금 여기에서 기다리고 계십니다. 꼭 과장님을 뵙고 싶다고 하는데… 아. 여보세요… 여보세요… 이미 만다라 원장은 돌아가려고 하십니다. 모자와 지팡이를 들고 황급히 나가십니다. 아하하! 이미 나갔습니다. 지금 용감한 간호부가 뛰어나가서 전송하고 있습니다. 잠깐 기다리세요. 제가 방향을 확인하고 보고드릴 테니… 아, 복장 말입니까? 복장은 한마디로 말하면 검정 일색의 말쑥한 상복(喪服)입니다. 신장은 5척(尺) 7, 8촌(寸). 색이 검푸른 외국인 같은 멋지고 홀쭉한 신사… 아! 협박용 편지는 두고 갔습니다. 아하! 아하! 이 전화에 놀란 것 같습니다. 아하! 아하! 아하! … 아, 그렇습니까? 그럼 돌아오실 때 들려주십시오. 아직 이야기가 남아 있으니까요. 이거 참 실례가 많았습니다. … 미안합니다. 안녕히 계세요."

만다라 원장은 다미야 과장의 신속한 수배에도 불구하고 결국 붙잡히지 않은 듯, 오늘 날이 저물 때까지 아무런 소식이 없었습니다. 따라서 남자 친구가 그녀와 어떤 관계를 가진, 어떤 종류의 사람이었는지, 어떻게 그녀의 유서를 입수했는지, 언제부터 그녀를 그림자처럼 따라다니며 얼마나 숨어서 활약을 하고 있었는지 … 와 같은 사실은 아직 추측할 수 없습니다.

그러나 가나가와 현청에서 돌아가는 길에 병원에 들러 제가 제공한 히메쿠사 유리코에 관한 새로운 사실을 들은 다미야 특고[9] 과장은 쉽지 않은 사건이라 전망한 듯, 즉각 도쿄로 이첩(移牒)[10]할 의향인 것 같아서 그녀의 죽음에 관한 진상도 머지않아 확실해질 것 같습니다만, 그것보다도 먼저 소생은 한시라도 빨리 그녀에 관한 모든 사실을 귀하께 보고 드려, 후일의 참고에 도움이 되게 해야 한다는 책임을 느꼈기에 이렇게 철야를 각오하고 붓을 잡은 것입니다. 지금까지는 너무나도 부끄러운 일뿐이어서 보고를 드리는 것을 주저했지만 … 아니 … 지금까

---

9) 특고 : '特別高等警察'의 준말. 특별 고등 경찰(일본 구 경찰 제도에서, 정치·사상 관계를 담당했음)
10) 이첩(移牒) : 받은 공문이나 통첩을 다른 부서로 다시 보내어 알림. 또는 그 공문이나 통첩.

지 귀하와 아무런 협의도 하지 못한 것이 역시 그 불가사의한 소녀, 히메쿠사 유리코의 괴이한 수완에 매료되어 뇌수(腦髓)를 마비당했기 때문인지도 모르지만….

무엇보다도 먼저 확실히 해 두고 싶은 것은 그녀… 히메쿠다 유코라고 자칭하는 가련한 한 소녀가, 작년 봄 3월경의 도쿄 신문이라는 신문에 큼직하게 다루어진 특호 표제의 '수수께끼 여자'임에 틀림없다는 것입니다. 이 사실은 금일 면회한 사법 당국자에게 제가 설명해서 그 사람이 '용이하지 않은 사건'이라고 인지하고 경시청에 이첩했다는 이유도 거기에 있다고 추측됩니다만, 그 신문기사에 의하면 (기억하고 계실지도 모릅니다만) 그녀는 그 정부?(情夫)와의 밀회 장소를 경찰에게 들키고 싶지 않다는 생각에 그 밀회 장소 부근의 경찰에게 자동전화[11]를 걸은 것이라고 합니다.

"소첩은 지금 현재 ××의 ××라는 집에 유괴, 감금되어 있는 순진무구한 소녀입니다. 지금 검은 마수가 소첩에게 뻗치고 있지만 잠시의 틈을 타 전화를 걸고 있는 것입니다. 도와주세요, 도와주세요."라는 의미의 실로 절실한, 실낱같은 목소리로 경찰 당국의 차를 당치도 않은 먼 곳의 다른 방향으로 쫓아 보내고

---

11) 자동전화 : 정보·통신 교환원을 통하지 아니하고 자동 교환기에 의하여 전화번호를 누르면 자동적으로 접속되어 통화.

말았던 것입니다. 그녀는 이렇게 해서, 그리고 여러 차례 경찰을 떠들썩하게 만들었기 때문에 결국 같은 여자라는 사실을 알고는 당국을 극도로 분노하게 만들고 신문기자를 즐겁게 했다는 것이 사건의 진상입니다.

이 무모하다고도 터무니없다고도 형용할 수 없는 일종의 거짓말의 천재인 그녀가 귀하께서 염려하시는 그녀이며, 바로 요 전까지 흰옷을 입고 소생의 병원 안을 돌아다니고 있던 그녀였던 것을 현재 그녀의 신원 인수인이었던 자가 확실히 주장하고 있는 것입니다. 그렇게 주장하고 있는 이유는 그녀의 심리상태로 미루어보아 진실로 인정되기 때문에 현재 경찰 당국도 그런 주장의 진실성을 조금도 의심하고 있지 않기 때문입니다.

그렇다 치더라도 하찮은 한 소녀에 지나지 않는 그녀가 모든 통신과 교통 기관이 넘쳐흐르는 지금과 같은 세상에, 게다가 엎드리면 코 닿을 데라고 할 만한 도쿄와 요코하마에 있는 귀하와 제 집안을 이렇게도 오랫동안 서로 이상하게 여기고, 서로 상대의 생각이나 사정 등을 살피게 하면서 도저히 우연히 만날 수 없는 불가사의하고 섬뜩한 운명에 빠뜨리는 동시에 그녀 자신의 운명마저도 매장해야 할 정도로 심각한 궁지에 어쩔 수 없이 빠뜨리게끔 만든, 근본적인 동기는 어디에 있는 것일까요?

다음은 제 일기에서 발초(拔抄)[12]한 것을 하나의 보고문 형식으로 만들어낸 것입니다. 따라서 이것에는 그녀에 관한 귀하의 기억과 중복되는 부분도 있겠지요. 혹은 귀하의 인격을 모독하는 단락도 있겠지요. 그리고 또 경어를 뺀 기록체로 작성했기 때문에 예의에 벗어난 데가 있을지도 모르겠지만, 아무쪼록 양해하시고 읽어주시기를 부탁드립니다. 모두 그때의 제 심경을 솔직히, 그리고 여실히 고백하고자 일기에 기록한 대로 문장을 정리한 것이기 때문에 ….

히메쿠사 유리코가 우리 병원에 온 것은 지난 쇼와 8년(1933년) 5월 31일, 개업 전날 저녁때였다. 멋진, 그러나 다소 수수한 회색을 띤 남빛 기모노에 화려한 코발트색의 양산, 새 펠트(felt) 샌들, 손바구니 하나를 든 모습의 그녀가 쓸쓸히 현관에 서 있었다.

히메쿠사 "여기 혹시 간호부가 필요하지 않으십니까? …."

진찰실 장식에 관해 가구 가게 사람과 응의(凝議)13)하고 있던 우리 누나와 집사람 마쓰코는 얼굴을 마주 보며 그녀의 대담함에 감탄했다고 한다. 딱 두 사람만 고용한 간호부로는 조금

---

12) 발초(拔抄) : 글 등에서 필요한 대목을 가려 뽑아서 베끼거나, 또는 그런 내용.
13) 응의(凝議) : 여러 가지 논의를 신중히 거듭함.

일손이 부족할지도 모른다…라는 대화를 하던 중이라서, 곧바로 외래 환자실로 안내하고 나와 셋이서 면회하여 한차례 질문과 관찰을 시도해 보았다.

  우스키 "신문 광고를 보고 오신 건가요?"
  히메쿠사 "아니오. 마침 밖에 있는 개업 간판이 전차 창에서 보여서 내려서 왔습니다."
  우스키 "아하! 고향은 어디신가요?"
  히메쿠사 "아오모리(青森)현(県)의 H시입니다."
  우스키 "부모님 모두 거기에 계십니까?"
  히메쿠사 "예. H시의 예전에 살던 집입니다."
  우스키 "부모님의 직업은 어떻게 되시나요?…."
  히메쿠사 "양조장을 하고 있습니다."
  우스키 "허어. 그럼 실례지만, 집안은 유복하시겠군요."
  히메쿠사 "네. 뭐 그리 대단한 것은 아니지만…제가 도쿄에 오는 것에 관해서도 부모와 오빠가 반대했지만, 저 자신의 운명을 직접 개척해 보고 싶었고, 게다가 간호부 일을 너무 해보고 싶었거든요…."
  우스키 "그럼 지금은 부모님과의 연락을 끊고 계신 건가요?"
  히메쿠사 "아니오. 항상 편지를 주고받고 있어요. 그리고 하나뿐인 오빠도 도쿄에서 새로 사업을 시작한다면서,

지금 마루비루(丸ビル) 안에 있는 통조림회사에서 고용살이하고 있습니다."

우스키 "학교는 어디를 나오셨어요?"

히메쿠사 "아오모리 현립(県立) 여학교를 나왔어요."

우스키 "간호부 일에 경험이 있으십니까?"

히메쿠사 "네. 학교 나오자마자 시나노마치(信濃町)14)에 있는 K대학 이비과(耳鼻科)에 들어가서 죽 지금까지 …"

우스키 "그곳을 나온 사정은 있으신가요?"

히메쿠사 "… 저어, 너무 안 좋은 일이 많아서요 ….

우스키 "안 좋은 일이란 어떤 일인가요?"

히메쿠사 "… 말씀드릴 수 없습니다. 일은 정말 재미있었는데 …."

우스키 "음. 귀하의 신원 보증인은? …."

히메쿠사 "저어 …, 시타야(下谷)15)에서 미용실을 하는 이모에게 부탁했습니다. 안 됩니까?"

우스키 "어째서 오빠에게 부탁하지 않으신 건가요?"

히메쿠사 "이모 쪽이 훨씬 세상 물정에 밝고, 지금까지 그 집

---

14) 시나노마치(信濃町) : 도쿄토(東京都) 신주쿠(新宿区)의 지역 명칭.

15) 시타야(下谷) : 도쿄토(東京都) 다이토구(台東区) 서부의 지명.

에 살고 있어서요. 오늘도 집에 가만히 있지 말고 이리저리 동네라도 걸어 다녀 봐봐, 좋은 일이 있을지도 모르니까 라고 이모가 말한 적이 있어서요…."

우스키 "성함은?"

히메쿠사 "히메쿠사 유리코(姬草ユリ子)라고 합니다."

우스키 "히메쿠사 유리코 … 나이는 어떻게 되시나요?"

히메쿠사 "만 19세 2개월이 됩니다. 써 주실지 몰라서요."

이 정도의 문답으로 우리는 그녀를 채용할 결심을 하고 말았다. 나뿐만 아니다. 처도 누나도 그녀의 천진난만한 비둘기 같은 태도와 맑고 깨끗한 갈색 눈동자와 길가에 내동댕이쳐져 구조를 바라고 있는 작은 새와 같은 그녀의 애처로운 태도 … 손바구니 하나를 손에 들고 직업을 찾으며 거리를 방황하는 그녀의 다기차면서도 딱한 운명에 진심으로 빨려 끌려가고 말았다.

비웃어라! 우리의 값싼 감성을 … 누구나 이 문답을 한 번 읽기만 해도 그녀 신분에 관해 수많은 모순된 점과 불안한 점을 발견할 것이다. 적어도 한 번 K대학의 이비과(耳鼻科)에 전화를 걸어 그녀의 신분을 어느 정도나마 자세히 들춰 조사해 보고 나서 고용하는 것이 상식적인 것을 깨달을 것이다.

하지만 그때의 우리는 그런 경솔함을 조금도 느끼지 못했다. 그녀의 용모와 자태 그리고 말투가 빨아들이는 듯한 천진난만

함이, 그녀 주위를 소용돌이치며 돌아다니고 있을 수많은 현실적인 위험에 대한 우리의 모든 상식을 불러일으켜서, 일종의 낭만적이고 첨예한 동정의 단면을 만들어 그녀에게 작동하게 만든 것을 우리는 부정할 수 없을 것이다. 그 이튿날.

> **우스키 처** "있잖아요, 고모님. 그 아이가 만일 간호부 일을 못 하면 하녀로라도 써요. 그렇게 해요, 불쌍하잖아요."
> **우스키 누나** "어머. 나도 올케가 그럴 생각이라면 상관없다고 생각하던 중이야. 차차 손님도 늘 테니까."

라고 두 사람이 서로 의논이라도 한 듯 누나와 처는 그녀에 대해 호의적인 것 같다.

 그뿐만이 아니다. 그 위에 또 한 가지. 이것은 내 직업윤리라고나 할까? 내가 그녀를 보았을 때 제일 먼저 눈에 띈 것은 그녀의 콧날이었다.

 그녀는 결코 미인이라 부를 수 있는 용모는 아니었다. 이목구비는 어느 쪽인가 하면 중간 정도이고 하얀 피부를 지녔지만, 신장이 보통보다도 작아 5척이 조금 넘을 정도였을 것이다. 동시에 그 동그란 얼굴의 중심에 해당하는 콧방울이 정말 작아 눈과 코 사이가 멀다는 느낌을 주었는데, 그런 만큼 그녀가 사람이 좋고 천진무구한 성격으로 보였던 점은 부정할 수 없다.

나는 그런 그녀의 용모를 단 한 번 본 순간 그녀의 콧방울에 융비술(隆鼻術)16)을 시술해 보고 싶어졌다. 이 정도의 파라핀을 저기에 주사하면, 이 정도의 코가 된다. 그녀의 콧방울은 비골(鼻骨, 코뼈)과 밀착되어 있지 않아 아주 수술하기 쉬운 체질의 콧방울이라고 생각했다. 이러한 일종의 직업의식에서 온 어리석은 매혹이 그녀를 새로 고용하기로 결심한 내 심리의 근저에서 꿈틀거렸던 것도 부정할 수 없는 사실이었다.

이런 내 목적은 얼마 지나지 않아 보기 좋게 이루어졌다. 그녀는 내 병원에 고용되고 나서 일주일이 지나기 전에 갑자기 몰라볼 정도로 미소녀가 되어 병원 복도를 뛰어다니게 되었다. 결코 나 자신을 광고하는 것은 아니지만 나는 그녀에게 시술한 융비술 효과가 예상외였던 것에 놀라지 않을 수 없었다. 수술해 준 다음 날 아침 옅은 화장을 하고 "안녕히 주무셨습니까?"라고 말하며 웃던 그녀의 얼굴을 본 순간… 이거 큰일을 저지르고 말았다. 엄청난 미인으로 만들어 버렸다… 하고 기겁을 하게 놀랐을 정도였다.

그러나 그녀에 대한 우리의 경이는 아직 더 있어 그 정도의 일로는 끝나지 않았다.

---

16) 융비술(隆鼻術) : 콧구멍 안을 절개해서 실리콘제의 보형물이라고 불리는 인공연골을 넣어서 코를 높이는 시술. 강비술(隆鼻術).

그녀의 간호부로서의 솜씨는 나무랄 데 없을 정도의 그것은 아니었다. K대 이비과의 가르침은 물론이거니와 그녀는 실로 천재적 간호부라는 것이 발견되어 진심으로 놀라지 않을 수 없었다.

그녀가 우리 병원에 오고 나서 얼마 후 내가 어떤 중년 신사의 상악두(上顎竇)[17] 축농증 수술을 했을 때 처음 조수를 부탁받은 그녀는 바쁘게 움직이는 내 손가락 사이에서 마취환자의 절개된 윗입술 사이에 탈지면을 척척 끼워 넣어, 쏟아져 흐르는 혈액을 전부 닦아내서 절개 부분을 항상 내 눈에 잘 보이도록 했다. 그 멋지고 완벽히 익숙해진 손놀림을 보았을 때, 나는 소름이 끼칠 정도로 감탄하지 않을 수 없었다. 오랫동안 수많은 수술을 담당해온 노성(老成)[18]한 간호부도, 이렇게 수술하는 사람의 의도에 대해 민감하게 대응하고 또한 깔끔하고 익숙한 솜씨를 거의 갖고 있지 않을 것이라고, 나는 절실히 느꼈다.

그러나 그녀가 개업의의 환자에 대해 얼마나 훌륭히 이해를 하는지. 그 덕에 우리 가족이 그녀에게 얼마나 감사하고 있는지. 그래서 병원 내의 일을 거의 비상식에 가까울 정도로 그녀에게 전부 맡기고 있었는지, 그리고 그 때문에 다음에 기술하는

---

17) 상악두(上顎竇) : 상악골 중앙부(中央部) 안쪽의 빈자리.
18) 노성(老成) : 많은 경험을 쌓아 원숙해지는 것.

'수수께끼 여자'와 같은 활약의 자유를 얼마나 많이 허락해 두었는지에 관한 사실은 아마도 그 누구도 상상할 수 없는 일일 것이다.

나는 개업 당시부터 누구나 그렇듯 시간을 정해서 일을 하고 있었다. 오전 10시부터 오후 1시까지 오후 3시부터 6시까지를 진찰 치료의 시간으로, 6시 이후는 곧바로 근처에 있는 모미자카(紅葉坂) 집에 돌아와서 가족과 함께 저녁 식사를 먹는 것으로 정하고 있었는데, 개업의의 당연한 책임으로서 집에 돌아오자마자 입원 환자의 사소한 통증으로 인해 황급히 병원으로 되돌아가거나, 이른바 초목도 잠든다는 새벽 2, 3시쯤에 분별없는 환자에게 호출 받는 일이 몇 번이나 있다는 것은 당초에 각오했던 사실이다. 이것은 의사 개인적으로 상당한 고통을 느끼는 사항에 틀림없지만, 가능한 한 그렇게 근무하자, 친절하게 해 주자. 고통을 없애는 것이 목적으로, 병을 치료하는 것이 목적이 아닌 것이 일반 입원 환자의 심리 상태이기 때문에 … 와 같은 깨달음까지 얻으며 준비하고 기다렸는데, 의외로 내가 개업 이후 그런 일이 한 번도 없어서 점차 이상하게 느껴지기 시작했다. 어쩌면 아직 집에 전화를 놓지 않은 탓인가 라고도 생각했지만, 그렇다 해도 이상하다고 말하는 누나들과 자주 대화하곤 했는데, 그 이상한 점은 머지않아 해결되었다. 그것은 실로 히메쿠사 유리코 한 사람의 공로라는 것이 주의 깊은 관찰을 통해 판명되었다.

그녀는 마취가 깰 때나 수술 후 고통을 호소하기 시작할 시간, 또는 열이 높고 낮은 것과 환자의 체질이 관련해서 일어나는 고통의 정도 등에 관해 간호부 특유의, 그 이상의 친절한 민감성을 지니고 있었다. 항상 환자가 뭔가 말을 꺼내기 전에 미리 처치를 하거나 예고를 하며 위로했던 것 같다. 때로는 마음대로 환자의 귀나 코를 청소하거나 닦아주고, 심할 때는 내게 양해도 구하지 않고 모르핀 주사, 그 밖의 진통, 마취 수단을 이용한 것이 이후의 경과에 의해 판명된 적도 있었지만, 그럼에도 불구하고 환자의 즐거움은 대단했던 것 같다. 다른 간호부에게 호소해도 우물쭈물하거나 주저하거나 하는 일을 그녀는 쑥쑥 단행하여 안정적으로 하룻밤을 지낼 수 있게 해서, 우스키병원의 히메쿠사 씨라는 이름이 내 이름보다도 먼저 환자 가족들 사이에서 호평을 받은 것은 결코 부자연스러운 일이 아니었다. 물론 내가 도움을 받은 것도 상당히 많기는 했지만⋯.

그뿐만이 아니다. 그녀의 타고난 매력에는 남녀, 노유(老幼)를 초월한 것이 있었다. 이 점에서는 우리 가족들도 '대단하다'는 한마디의 말 외에 달리 비평할 말을 찾을 수 없을 정도로 그녀의 수완에 경복(敬服)[19]하고 있었다.

노인은 노인처럼 어린이는 어린이처럼, 남자는 남자처럼 여자는 여자처럼, 말하자면 아무 일도 아닐 수도 있지만, 모든 종류의 그런 환자의 병 증상을 일일이 친절하게 들어주고, 원장인 나를 신뢰하게 만들어, 안심하고 진찰, 수술을 받게 하고 편하게 입원시키고, 때로는 그 가정 내부 사정까지도 들어주고, 동정하고 격려하고 위로하면서 무사히 퇴원시킨다. 그 처리하는 솜씨는 도저히 우리들 보통 사람이 따라갈 수 없다. 신경질적이고 근성이 비뚤어진 노인이나 떼를 쓰거나 과민한 어린이까지도 이제는 모두 히메쿠사 씨, 히메쿠사 씨라고 할 뿐이어서 다른 두 명의 간호부는 있어도 없는 거나 마찬가지였다. 쩨쩨한 이야기지만 환자가 퇴원할 때 원장인 나한테 사례를 하기보다도 먼저 히메쿠사 씨에게…와 같은 것이 트렌드가 될 정도였으며, 아이들은 울며 집에 가지 않겠다고 한다. 히메양과 함께 병원에 있겠다고 하며 듣지 않는다. 그 밖의 환자가 퇴원하고 나서 그녀 앞으로 보내는 감사 편지의 방대한 양이란… 접수 및 회계를 담당하는 누나가 "십이 전(錢)이나 되는 우표를 붙일 정도로 편지에 쓸 말이 어째서 그렇게 많은 것인가?"라고 어이없어할 정도였다.

---

19) 경복(敬服) : 존경하여 복종하거나 감복하는 것.

더욱 놀랄 만한 사실은 (실은 당연한 귀결일지도 모르지만) 그녀 덕택에 내 환자가 눈에 띄게 격증한 것이었다. 이 점, 내 개업은 대단히 복을 받고 있었다는 동시에 그녀, 히메쿠사 유리코라는 마네킹 겸 마스코트에 절대적인 감사를 표해야만 했다. 진료를 받기 위해 오는 환자의 갑을병정이 걸핏하면 히메쿠사 씨, 히메쿠사 씨라고 찾아다니는 태도를 보면, 마치 우스키 병원 안에 히메쿠사 유리코가 개업을 한 것 같아 실력에 다소 자신을 가지고 있는 나도 그녀의 이런 외교 수완에 대해서는 크게 겸손해야 할 필요를 인정하지 않을 수 없었다.

  나는 그녀에게 급료로 이십 엔을 지불하고 있었다. 이것은 결코 터무니없이 싼 월급이라고는 생각하지 않았지만 최근 그녀의 공적을 크게 인정해야 하는 상태를 감안하여 누나나 처와 수시로 의논하고 있었는데, 마침 그때, 딱 그 한가운데에, 실로 기묘하고도 이상하다고도 비유할 수 없는 사건이 그녀를 중심으로 해서 소용돌이치며 일어나서, 결국 이번과 같은 끔찍한 파국에 빠지게 된 것이었다. 게다가 그 파국의 씨앗은 그녀 자신이 뿌린 것으로, 이미 그녀가 우리 쪽으로 굴러들어왔을 때 나는 최초의 일문일답 속에 그 원인이 뿌려져 있었던 것이었다.

  그녀의 고향은 아오모리 현의 술 양조업자로 유복한 집인 것 같았는데, 그 후 그녀의 명랑한 성격과 천진난만한 태도를 비쳐

보아 그런 사실을 우리는 전혀 의심하지 않았다.

가장 첫 번째 질의응답에 나온 그녀의 오빠라는 인물은 그녀가 오고 나서 얼마 후 구라야(倉屋)의 검은 양갱을 잔뜩 가지고 병원에 인사하러 왔다. 그렇다고 하더라도 그것은 내가 집에 돌아간 다음의 일로, 아무도 그 오빠의 모습을 확인한 사람은 없었지만, 마침 내가 집에서 저녁을 먹고 나서 뭔가 디저트 같은 것을 먹고 싶다고 생각하던 참에 병원의 히메쿠사 유리코로부터라는 교환원의 전화가 걸려왔다.

> **히메쿠사** "선생님. 지금 막 오빠가 인사하러 왔습니다. 선생님께서 좋아하신다고 제가 말을 해서요. 구라야의 양갱을 가지고 왔어요. …아니오. 이미 돌아갔습니다. 모처럼 쉬고 계신데 방해해서는 안 된다고 하면서요. 아무쪼록 앞으로도 잘 부탁드린다고… 말하고요… 호호. 댁으로 갖다 드릴까요?… 양갱은…"
>
> **우스키** "응, 당장 갖다 줄래? 고마워."

라고 대답을 했는데 아마 만만하게 보였다고 해도 이때만큼 만만하게 보인 적은 없을 것이다.

그녀의 고향에서 보낸 것이라고 하며 닷 되짜리 청주와 한 통의 나라즈케(奈良漬)[20]가 도착한 것은 역시 그러고 나서 얼마

되지 않았을 때의 일이었다. 잘은 모르지만 고향 사람에게 부모님이 부탁한 물건이라고 해서, 여느 때처럼 내가 집에 돌아간 다음 병원에 남아 있던 그녀가 받았다는 이야기였는데, 그녀가 땀을 흘리며 들고 온 술병과 통에는 상표도 아무것도 없었고 극히 조잡하고 촌스러운 포장용 종이가 한 장씩 붙어 있을 뿐이었다. 한 입맛을 본 나는,

  우스키 "음. 제법 에도 식이군. 느낌이 팍 오는데. 나라즈케도 미쓰코시(三越) 백화점 것에 지지 않아."

라고 나도 모르게 입을 잘못 놀렸는데 아마 그것 때문이었을 것이다. 통에 줄 매는 작업을 하던 그녀는 그냥 얼굴이 홍당무가 된 채 살금살금 병원으로 도망쳐 돌아간 것 같았다.

 그렇다고 하지만 그때 나는 그녀의 행복을 기원하는 오빠와 부모가 생각나 상당히 마음이 숙연해졌기 때문에 그녀의 그런 은밀한 태도는 전혀 눈치채지 못했다. 그녀 뒤를 전송하면서,

  우스키 "겨우 이십 엔밖에 주지 않는데 말이야."

라고 멋쩍음을 감추려는 듯 농담을 했을 정도의 일이었다.

 그런데 여기까지는 정말 성과가 좋았다. 이쯤에서 그만두면

---

20) 나라즈케(奈良漬) : 월과를 주로 하여 가지, 오이 등을 술지게미로 절인 것.

만사가 천의무봉(天衣無縫)[21]이고, 그녀의 정체도 폭로되지 않고 내 병원도 여전히 마스코트를 잃지 않고 끝났을 것인데, 호사다마(好事多魔)라고도 할까? 그녀 특유의 대단한 거짓말쟁이의 천재가, 조금씩 안정됨에 따라 꽤 적극적으로, 이상하다 싶을 정도의 활약을 하기 시작한 것은 어쩔 수 없는 수순이라고나 할까?

그녀의 이상한 천재성이 K대 이비과(耳鼻科)의 시라타카(白鷹) 씨와 우리 가정을 형용할 수 없는, 섬뜩한 악몽 속에 빠뜨리기 시작한 원인이라는 것은 아마 그녀 자신도 알아차리지 못했을 것이다. 극히 사소한 사건에서 시작된 것이다.

부끄러운 이야기이지만 개업 초기의 호경기에 다소 들뜬 기분이었던 나는 어느새 대학생 시절의 나와 똑같은 익살꾼으로 되돌아와 있었다. 사소한 말따먹기나 재담, 농담의 연발로 환자의 우울함을 날려 보내거나

우스키 "이봐. 이봐. 작은 메스[22]를 가지고 와. 작은 메스야. 네가 아니고. 착각하지 말고."

---

21) 천의무봉(天衣無縫) : 일부러 꾸민 데 없이 자연스럽고 아름다우면서 완전한 것. 천사의 옷은 꿰맨 흔적이 없다는 것에서 온 말.
22) 메스 : 메스(네덜란드어) mes는 해부・수술 등에 쓰는 칼인데 이것을 「메스[雌(めす) ; 암컷」와 동음을 이용해서 말장난한 것이다.

라고 히메쿠사에게 말하거나 했는데 그때마다 유리코는 깩깩 웃으며 부지런히 일을 하며 말했다.

> **히메쿠사** "어머나, 우스키 선생님은 시라타카(白鷹) 선생님과 꼭 닮았어요."
>
> **우스키** "뭐야? 그 시라타카라고 하는 사람은… 내게 미리 양해를 구하지 않고 나와 닮다니 버릇없는 놈이 아니야?"
>
> **히메쿠사** "어머. 우스키 선생님 하고는. 시라타카 선생님은 선생님보다도 훨씬 연세도 많으시고 K대 이비과 조교수를 하고 계세요."
>
> **우스키** "어이구. 내가 큰 실수를 했네. 바로 그 시라타카 선생님 말하는 거야? 그 시라타카 선생님이라면 틀림없이 내 선배지."
>
> **히메쿠사** "거 봐요. 호호호. K대에 있을 때 시라타카 선생님은 항상 한창 수술이나 진찰할 때 여러 가지 농담만 해서 웃기셨어요. 고막 절개 수술 같은 때는 환자가 웃으면 머리가 움직여서 무척 위험한데도, 시라타카 선생님 수술은 솜씨가 기가 막히고 빠르니까, 환자가 아프다고 느낄 사이도 없이 계속 웃고 있었습니다. 그런 데까지 우스키 선생님께서 하시는 방식과 똑 같

있어요."

 이상과 같이 유리코는, 나중에 핑계처럼 설명하는 것이었지만, 이런 최대급의 생생한 아첨이 내 프라이드를 만족시킨 것은 말할 필요도 없다. 물론 이것은 그녀가 그녀 본가가 유복하다는 것을 증명해서 그녀의 어둡고 추악한 이전의 신분을 감추고, 동시에 그녀의 헛된 공상을 현실에 만족시키려고 한 것과 같은 심리에서 나온 꾸며낸 것으로, 그녀가 K대 이비과, 조교수의 요직에 있는 사람으로부터 얼마나 신뢰를 받고 있었는지를 구체적으로 증명하고 싶다는 일념에서 나온 한 조각의 허구에 지나지 않았다. 그러나 그때의 내가 어떻게 그런 것을 알아차릴 수 있을까? 전부터 모교 선배로서 존경했던 시라타카 선생님의 이름을 오랜만에 들은 나는 기쁜 나머지 눈을 똥그랗게 뜨고 그녀에게 물어본 것이다.

 우스키 "허. 그럼 시라타카 선생님은 지금도 K대에 계시는가? 전혀 몰랐어."

 그녀는 태연하게 … 아니 … 오히려 득의양양으로 시라타카 선생님의 이야기에 깊숙이 들어갔다.

 히메쿠사 "네. 네. 수술에 있어서는 무척 능숙하시다는 평판이 있어요. 저 이쪽에 오기 전까지 선생님에게 얼마나 귀여움을 받았는지 모릅니다. 사모님께서도 정말 진짜 딸처럼 대해 주셔서요. 머지않아 필시 좋은 곳에 시집보내 주겠다고 말씀하시고, 기모노 같은 것도 몇 개나 받아 왔어요. 지금 평소 입고 있는 것도 사모님의 젊으실 때의 것을, 너무 화려하다며 주신 거예요."

나는 완전히 그녀 이야기에 끌려 들어가고 말았다. 멀리서나마 시라타카 선생님에게 경의를 표하고자 양손을 맞비빈 것이었다.

우스키 "뭐야! 시라타카 선생님이라면 내 대선배야. 규다이(九大)23)에 있을 때 지도를 받았으니까, 어쩌면 나를 아실지도 몰라. 좋은 이야기를 들었네. 가까운 시일 내에 꼭 한 번 만나 뵈었으면 하는데…."

히메쿠사 "네, 네. 정말 틀림없이 기뻐하실 거예요. 선생님에 관해서는 두세 번 말씀 중에 나온 것 같아요. 우스키 군은 무척 재미있는 학생이었다고 그렇게 말씀하시며."

---

23) 규다이(九大) : 규슈(九州)제국대학의 준말.

우스키 "음. 나는 장난꾸러기였으니까. 댁은 어디야?"

히메쿠사 "시모로쿠반초(下六番町) 12번지. 사모님은 무척 품위 있고 아름다운, 구조 다케코(九条武子)24)님 같은 분이에요. 구미코(久美子) 씨라고 하시는데. 선생님을 무척 소중히 여기십니다. 두 분 사이가 좋고요 ···."

우스키 "아하하. 뭐든 괜찮으니까, 가까운 시일에 ··· 오늘이라도 좋으니까 한 번, 전화 걸어 주지 않겠어? 우스키가 뵙고 싶어 한다고 ···."

히메쿠사 "어마나. 저 같은 사람이 소개하면 실례가 되지 않을까요···?"

우스키 "아니, 그까짓 것 상관없다. 시라타카 선생님이라면 그런 거드름 피우는 분이 아니니까."

그렇게 말하며 나는 히메쿠사 유리코에게 머리를 한 번 숙였다. 그는 그내 얼굴을 살짝 근시인 듯한 귀여운 눈동자로 잠깐 올려다보았지만, 무슨 이유인지 다소 풀이 죽은 듯이 고개를 숙이고 가벼운 한숨을 한 번 쉬었다. 약간 원망스럽게 보이는 태도로도 보였지만, 그러나 나는 그것을 그녀 특유의 천진난만한 교태의 일종으로 해석했기 때문에 특별히 이상하게 생각하지

---

24) 구조 다케코(九条武子)[1887.10.20-1928.2.7] : 교육자·가진(歌人, 와카(和歌)를 짓는 사람), 나중에는 사회 운동 활동가로서도 활약했다.

않았다.

> 히메쿠사 "…하지만 저는… 간호부 모습의 제가… 너무 실례되는 것이 아닌지…"
>
> 우스키 "아니, 그런 거 상관없다. 간호부가 소개해도 선생님은 선생님끼리가 아니야? 시라타카 선생님은 그런 것에 체면 차리는 분이 아니었어."
>
> 히메쿠사 "네. 그건 지금도 그렇지만… ."
>
> 우스키 "그러면 상관없잖아?… 내가 너무 만나 뵙고 싶어서 말이야…"

그녀는 어쩔 수 없다는 듯 어깨를 한 번 으쓱 올렸다. 기묘한, 울고 싶은 듯한 웃는 얼굴을 방긋 보이면서,

> 히메쿠사 "네, 저도도 괜찮다면… 언제든지 소개해 드리겠습니만…"
>
> 우스키 "음. 부탁해. 오늘도 좋아. 전화도 좋으니까 걸어 주게나."

그것은 여느 때의 소탈한 그녀에게는 어울리지 않는, 이상하게 뭔가에 얽매인 좀 어두운 응대였다. 그러나 곧 평소의 천진무구한 쾌활함을 되찾은 그녀는 자못 기쁜 듯이… 마치 시라타

카 조교수와 우스키 병원장을 소개하는 영광을 즐거워하는 것처럼 깡충깡충 뛰어오르면서 전화실(電話室, 전화 부스)로 달려 들어갔다.

그 뒷모습을 전송한 나는 이미 아무것도 의심하지 않는 명랑한 기분으로 되돌아왔는데, 이게 도대체 어떻게 된 것인가? 이때 이미 나는 그녀에게 한방 먹은 상태였고, 동시에 그녀 또한 그녀의 평생의 치명상이 될 만한 고민거리를 그녀 자신의 손으로 싹을 트게 한 것이었다.

그녀가 말하는 시라타카 선생님이란 사람은 그녀가 알고 있는 시라타카 선생님과는 성질이 다른 시라타카 선생님이었다. 요컨대 그녀의 기지가 나를 모델로 해서 창작한⋯ 내 비위를 맞추는 데 편리하도록 창작한 하나의 가공인물에 지나지 않았던 것이다. 게다가 그 가공인물과 그녀의 친밀함을 내게 믿게 함으로써 그녀 자신의 신뢰를 높이고 그녀의 사회적 존재 가치를 안정시키고자 시도했던 하나의 단순한 트릭 인형이라는 존재였지만, 경솔한 나는 그 트릭의 시라타카 선생의 존재를 120% 맹신하시 않을 수 없게 되었다. 나와 마찬가지로 부담 없고 장난 잘 치는 인물이라 덜컥 믿어 버렸기에 이런 경솔한 일을 그녀에게 부탁한 것이었다.

그러나 그녀의 이러한 불가사의한 창작 능력은 그리고 나서 더욱 더 백척간두(百尺竿頭)25) 백보를 지나, 실로 예상 밖의 행동을 하는 괴기 연극을 고안해 내게 되었다. … 그것은 당사자인 시라타카 선생님도 모르시는 K대 이비과의 시라타카 선생님으로부터 백주에 당당하게 전화가 걸려왔던 것이었다.

내가 개업하고 나서 정확히 3개월째 … 금년 9월 1일 오후 3시 반경, 그녀가 (통화 중인) 전화기의 곁에서 진찰실로 달려왔다.

> **히메쿠사** "선생님. 선생님. 시라타카 선생님한테서 전화가 왔습니다."

많은 환자를 진찰하고 있던 나는 놀라서 돌아보았다.

> **우스키** "뭐라고? 시라타카 선생님한테서 전화가 왔다고? … 무슨 일이실까?"
>
> **히메쿠사** "어마나. 선생님은 참 … 요전에 제게 소개해 달라고 말씀하시지 않았습니까? 그래서 제가 어제 전화로 다시 한 번 그렇게 말했어요. … 선생님 바쁘신 시간도 분명히 설명 드렸는데 … 이렇게 바쁠 때 거시다니 … ."

라며 그녀는 다소 불평하듯 귀여운 눈살을 찌푸리는 것이었다.

---

25) 백척간두(百尺竿頭) : 백 자나 되는 높은 장대 위에 올라섰다는 뜻으로, 몹시 어렵고 위태로운 지경을 가리키는 한자 숙어.

그녀의 이런 기교란, 그야 말로 특유의 천재성이라 할 만한 것이었을 것이다. 실로 진짜 같은 일이 일어났다. 그녀와 그녀가 만든 시라타카 선생님과의 친밀함에 관해서 조금의 의심도 허락하지 않을 정도의 현실과 똑같은 일이 벌어진 것이었다.

전화를 받은 상대 남성 … 시라타카 선생님이 아닌 시라타카 선생님은 그녀의 설명대로 자못 쾌활하고 명랑한 목소리의 소유자였다. 게다가 그것이 거의 내게 한 마디도 말을 시키지 않은 채, 단숨에 계속 말을 이어갔다.

> **시라타카(가짜)** "어이. 우스키 군인가? 오랜만이야. 안녕하신가? 정말 그간 격조했구먼. 경기는 어때? 그래. 그래. 히메쿠사로한테 들었어. 좋아. 좋아. 그래. 그래. 히메쿠사라는 놈은 괜찮은 간호부지? 이쪽에서 너무 일을 잘하는 바람에 간호부장에게서 미움을 받아서. 가당치 않은 누명을 쓰고 쫓겨나고 말았지. 내 처가 무척 귀여워했지만. 아니. 본인도 기뻐하고 있어. 요전하고 어제 두 번 전화를 걸어서 말이지. 자네가 있는 곳은 몹시 편해서 일하는 보람이 있다고 하던데. 그렇게 말해? 음. 음. 집사람도 들어서 기뻐하고 있어. 여하튼 딸처럼 귀여워했으니까. 그래. 그래. 간호부가 되겠다고 아오모리 현을 뛰쳐나온 것을 보면 약간

바보 같기도 하지만. 천생 간호부로 태어난 것이겠지. 일은 정말 나무랄 데가 없어. 내가 보증해. 귀여워해 주게나. 하하. 정말 오랜만에 자네를 만나 보고 싶군. 어때? 여전히 술을 잘 마시나? 음. 좋아. 좋아. … 그런데 자네는 도쿄에 있는 이비인후과 의사들이 하고 있는 고보쿠가이(庚戌会, 경술회)라는 모임을 알고 있나? 그거 말이야. 음. 음. 규슈에 있을 때 들었어. 메이지(明治) 43년(1910년)의 고보쿠(庚戌, 경술) 년에 생긴 모임 … 음. 그거야. 뭐. 매달 한 번씩 3일이나 4일에 다들 모여 옛정을 새롭게 하거나 불평을 서로 말하며 술을 많이 마시고 정신없이 취하는 모임이야. 멋지고 쾌활한 모임이지. 그게 다음 달은 3일로 정해졌으니까. 장소는 마루노우치(丸の内) 구락부(俱楽部) … 오후 6시부터인데 자네도 참석하지 않겠나? 회비 같은 건 그때 형편에 따라 다르지만 얼마 안 들어. 음 꼭 나와 주게. 그래. 그래. 아하하. 아직 뵌 적이 없지만 부인에게도 안부 인사 전해 주게 ….ˮ

라고 말하는 사이에 시간이 다 되고 말았다. 내가 수화기를 내려놓자 바로 옆에 그녀가 서 있다가, 귀엽게 고개를 갸우뚱하면서

히메쿠사 "어머. 끊어 버리셨네. 나도 드릴말씀이 있었는데
… 그런데, 어떤 말씀이셨어요?…"

라고 걱정스러운 듯이 눈을 반짝이고 있었다.

우스키 "음. 깜짝 놀랐어. 무척 거리낌 없고 솔질한 선생님이
더군. 약간 혀끝을 말듯이 힘차게 발음하시던데?"
히메쿠사 "그렇겠지요. 정말 재미있는 분이에요."

그리고 나서 전화 내용을 이야기해서 들려주자 자못 안심한 것처럼, 정말 기쁜 듯이 깡충깡충 뛰며 복도를 달려갔다.

히메쿠사 "정말 시라타카 선생님은 말이야 세련되고 좋은 분
이었어. 친절한 분… 나도 아주 좋아해…."

등과 같이 감격에 찬, 가벼운 혼잣말을 하면서… 약간의 어색함도 없이 내게 들으라는 듯이 말하면서….

그러나 그러고 나서 이틀째 되는 날 아침에 내가 출근하고 얼마 안 있어 평소 전에 없이 기분이 좋지 않은 얼굴을 한 그녀가 꼬깃꼬깃 구긴 편지지를 손에 쥐면서 이상하게 몸을 비비 꼬고 내 앞에 섰다. 귀여운 아랫입술을 위로 젖히고 내 앞에 서서는 이렇게 말하는 것이었다.

히메쿠사 "정말 어쩔 수 없네, 시라타카 선생님은. 일이라고 하면 경황이 없어요."

우스키 "무슨 일이야? 혼자서 화를 내며…"

히메쿠사 "아니에요. 어젯밤 일인데요. 시라타카 선생님한테서 제 앞으로 이런 속달 편지가 왔어요. 오늘 오후에 히라쓰카(平塚)에 사는 환자를 병문안하러 가는데 귀가가 늦어질지도 모르니 고보쿠가이(庚戌会, 경술회)에 못 갈지도 모른다. 네가 우스키 선생님께 잘 말씀드려 달라고 하는 편지이에요. 정말 시라타카 선생님은 말이지요, 안돼요. 돈 버는 일만 정신이 팔려서… 틀림없이 히라쓰카의 뭐시기라는 은행업을 하는 사람 집일거에요. 친구와 아직 무척 서투른 기다유(義太夫)[26] 모임을 열 때마다 시라타카 선생님을 부르거든요. 그것이 허세인 거죠, 쓸데없는…."

우스키 "아하. 그렇게 나쁘게 말하지 마. 그런 건전한 부자 환자가 늘지 않으면 곤란해. 이비과의 의사는…"

히메쿠사 "하지만 오랜만에 선생님과 만날 약속을 하셨는데…"

---

[26] 기다유(義太夫) : 기다유부시(義太夫節)의 준말. 겐로쿠(元禄) 시대에 다케모토 기다유(竹本義太夫)가 창시한 조루리(浄瑠璃, 샤미센(三味線)을 반주로 하는 이야기물의 하나)의 한 유파.

우스키 "뭐 어때? 만나려고 하면 언제라도 만날 수 있잖아."
히메쿠사 "… 하지만."

라고 말이 막혀 우물거리면서 그녀는 자못 불평스러운 듯 파르께한 눈초리로 내 얼굴을 올려다보았다. … 그러나 … 이때 내가 좀 더 주의 깊게 관찰했더라면 그녀의 그런 불안감이 범상한 것이 아닌 것을 용이하게 간파할 수 있었을 것이다. "만나려고 하면 언제라도 만날 수 있어."라는 내 말이 그녀에게 얼마만큼의 심각한 불안을 주었는지 … 그녀를 얼마나 무서운 협박관념의 무간지옥에 밀어 떨어뜨렸는지를 그때 헤아릴 수 있었을 것이다.

자기 본가의 유복한 것을 여실히 증명하고 동시에 자기의 간호부로서의 신뢰가 얼마나 높은지를 K대 조교수 시라타카 선생의 이름에 의해 입증하려고 고심하던 그녀 … 그 '수수께끼의 여자'의 신문기사에 의해, 이때 이미 사회적 파멸로 위협받기 시작한 그녀 자신의 자아의식을 만족시킴과 동시에 그녀 자신밖에 모르는 놀랄 만한 수수께끼에 싸여 있는 그녀의 과거를, 완전히 위장하려고 시도한 그녀의 필사적 노력은 진짜 시라타카 선생과 내가 직접 만나는 것에 의해 흔적도 없이 분쇄되지 않을까? 그녀는 그녀 자신에 의해 만들어 진 거짓 천국의 꿈이 산산이 부서지고, 다시 인생의 포장도로 위에 내쫓겨지게 되는 것은 아닌가? 이러한 여성에게 그런 환멸적인 사건이 사형 선고 이상으로 무서운 것은 현대 여성의 … 특히 소녀의 심리를 이해하는 사람들이 쉽게 수긍할 수 있는 점일 것이다.

  사실, 이런 파국에 대한 그녀의 예방 수단은 이후 정말 죽을 각오를 하고 덤벼드는 필사적인 몸부림과 같았다. "사소한 실수가 지옥과 극락의 갈림길"이라는 절 주지의 설교대로 그녀가 자기 자신을 절박한 상태에 이르게 하는, 소름 끼치는 지옥 두루마리(地獄絵巻)를 그녀 자신에게 펼쳐 나갔던 것이었다.

 9월도 지나 10월에 접어들은 2일 아침, 그녀는 또다시 병원의 복도에서 몹시 화난 태도를 취하며 내 앞에 섰다.

우스키 "무슨 일이 생긴 거야? 도대체 … 또 기계가게 사환 아이와 싸움이라도 한 거야?"

히메쿠사 "아니오. 그런데 선생님, 내일은 10월 3일이지요?"

우스키 "바보같이, 10월 3일이 마음에 안 드는 거야?"

히메쿠사 "네. 하지만 매달 3일이 고보쿠가이(庚戌会, 경술회) 있는 날 아닌가요?"

우스키 "아 … 그랬던가. 잊고 있었군."

히메쿠사 "어머. 그런 데까지 시라타카 선생님과 똑같네요. 선생님은 고보쿠가이에 안 가시나요?"

우스키 "음. 시라타카 선생님이 간다면 나도 가야지."

히메쿠사 "요전에 약속하시지 않으셨나요?"

우스키 "아니. 약속 같은 거 한 기억이 없는데."

히메쿠사 "어머, 그렇다면 괜찮지만…"

우스키 "왜 그러는데?"

히메쿠사 "방금 전에 시라타카 선생님으로부터 전화가 왔거든요. 우스키 선생님은 아직 병원에 안 계시냐고요…"

우스키 "'늦게 시작하는 병원'의 '늦는 선생님[27]'이라고 그렇게 말했어?"

히메쿠사 "어머. 그게 낫겠네요. 항상 오전 10시경밖에 안 계신다고 말씀드렸더니, 오늘은 감기에 걸려 누워있어서, 고보쿠가이(庚戌会)에는 못 갈지도 모르겠다고 말씀하시더라고요. 전, 선생님과 분명히 약속하셨으리라 는 생각에 화가 난 거예요. 어떻게 해서든 만나주시면 좋을 텐데…"

우스키 "그거야, 만나려고 한다면야 별거 아니지. 그러나 묘하게 운이 안 좋네."

히메쿠사 "정말 심술궂은 사람이에요. 오늘 따라 감기에 걸리

[27) 「우스키(臼杵)」와 「오소키(遅き)」를 섞은 썰렁한 농담.

시다니 … 저, 전화로 사모님께 좀 따져야겠어요."
우스키 "쓸데없는 말 하지 마. 그것보다도 지금부터 '제가 권해서 우스키 선생님을 병문안하러 보낼까 하는데 어떠신지', '동업자끼리 서로 다투다가 다 같이 망할 우려가 있으니 그렇게 하시라고 할게요.'라고 그렇게 말씀드려 두시게."
히메쿠사 "호호호호. 또 그런 것을. 그거야말로 쓸데없는 일이네요."
우스키 "뭐라구, 하하. 그런 식으로 말하는 것이 신식 유머 사교술이라고 하는 거야. 사모님에게 안부 인사 잘 전해 달라고 말씀드리고."

이러한 이유로 시라타카 선생이 아닌 시라타카 선생에 대한 내 가족의 느낌은 히메쿠사 유리코를 중개로 해서 날이 갈수록 친밀감을 더해갔다. 뿐만 아니라 마침 내가 하코네(箱根)의 아시노코(芦ノ湖) 호텔에 외국인을 진찰하러 갈 약속을 한 날의 이른 아침에 시라타카 님(白鷹氏) … 아니, 시라타카 선생이 아닌 시라타카 선생님으로부터 전화가 와서,

시라타카(가짜) "요전엔 미안했어. 항상 운이 안 좋아서 자네와 만날 기회가 없군. 오늘은 가부키좌(歌舞伎座)[28]

의 표가 두 장 들어왔으니 함께 보러 가지 않겠나? 오후 1시에 시작이니까 10시경 전차로 긴자(銀座) 부근으로 와 주면 돼. 자네가 알고 있는 카페나 레스토랑이 있을까?"

라는 내용이었는데, 내가 히메쿠사에게 공교롭게도 갈 수 없다고 히메쿠사가 말했다는 이유로 나중에 가부키좌 프로그램과 함께 처와 아이에게 주라며 후게쓰(風月)의 카스텔라(castela)를 보내오기도 했다. 게다가 그 소포에 첨부한 편지를 보니 틀림없는 남자의 펜글씨로 상당한 학력을 지닌 인텔리 식의 문구였다. 따라서 나도 대단히 황송한 마음에 때마침 고향에서 보내온 계란소면(鷄卵素麵)29)에 "다음 고보쿠가이(庚戌会)에는 반드시 참석하겠습니다."라는 내용의 편지를 첨부해서 시모로쿠반초(下六番町)의 시라타카 선생님 앞으로 발송했지만 어디로 배달이 되었을지. 어쩌면 요코하마(橫浜)의 우스키 병원에서 한 걸음도

---

28) 가부키좌(歌舞伎座) : 1. 가부키(歌舞伎)를 상영하는 극장. 2. 도쿄토(東京都) 추오쿠(中央区)에 있는 극장. 1889년 후쿠치 오치(福地桜痴)가 건설한다. 1911년에 개축되지만 누전에 의해 소실된다. 1924년에 재건되어 나라(奈良)시대와 모모야마(桃山)시대의 의장을 둘 다 갖춘 외관이 되는데, 제2차 세계대전 때 공습에 의해 소실된다. 1950년에 세 번째 재건이 이루어지고, 2002년에는 등록 유형문화재(登録有形文化財)가 된다.
29) 계란소면(鷄卵素麵) : 당밀 속에 노른자위를 소면 모양으로 가늘게 부어 넣고 굳힌 과자. 하카타(博多)의 명과(銘菓).

나가지 않았을지도 모른다는 생각이 들었다. 그 편지와 소포를 건네고 발송하도록 부탁한 사람은 다름 아닌 히메쿠다 유리코였기 때문에 ….

그런데 그러고 나서 11월 초순에 들어가자, 그녀는 또다시 엄청난 실책을 저질렀다. 물론 그것은 그녀 자신에게는 자못 교묘하고 물샐 틈 없는 계획으로 보였겠지만, 그것이 너무나도 지나치게 교묘했기 때문에 불행하게도 우리 가족으로부터 그녀 자신의 정체를 간판당하는 처지에 이르게 된 것이었다.

내 일기를 되짚어 보니, 그것은 역시 11월 3일 메이지세츠(明治節)30) 날이었다. 그녀가 일을 저지르는 것은 항상 월말에서 초순 사이로, 특히 시라타카 선생으로부터 전화가 걸려오거나 편지가 오는 것은 대개 3일이나 4일경으로 정해져 있었다. 거기에 이 "수수께끼 여자"의 신비스러움이 있던 것을 하나님 외에 누가 헤아릴 수 있었을까?

바로 11월 3일에 일어난 일이었다. 부슬부슬 비가 내리기 시작한 오전 10시경 내가 병원에 출근하니, 현관 문소리를 듣자마자 그녀가 약국에서 뛰어나와 내 가슴에 와락 달려들 것처럼 뛰어왔다. 입술 색까지 변해 히스테리를 부리는 듯한 표정을 짓고 있었다.

---

30) 메이지세츠(明治節) : 메이지(明治) 천황(天皇)의 생일로 11월 3일. 1927년에 제정되어 1948년에 폐지되었고, '분카(文化)'의 날로 개칭되었다.

히메쿠사 "정말 선생님. 어떻게 해야 하지요? 지금 막 전화가 걸려왔는데, 시라타카 선생님 부인이 미쓰코시(三越) 현관에서 졸도하셨대요. 그래서 코피가 멈추지 않아, 지금 댁에서 간호를 받고 계신다고 합니다."

우스키 "그거 큰일이군. 몇 시경에?"

히메쿠사 "오늘 아침, 9시경이라고 말씀하십니다."

우스키 "흠. 그렇다고 치더러도 너무 전화가 이른 게 아닌가? 어째서 나한테 그리 일찍 알린 거지?"

히메쿠사 "아휴, 참. 요전 편지에 다음 고보쿠가이(庚戌会)에서 꼭 만나자고 약속하지 않으셨나요? "

우스키 "그 편지를 자네가 봤던가?"

히메쿠사 "네? 보긴요. 그치만 고보쿠가이는 큰 모임이잖아요? 메이지세츠(明治節)이니까요 … "

우스키 "난 몰랐는데? 어떤 내용이었는데"

히메쿠사 "어머, 요전에 안내장 오지 않았었나요?"

우스키 "몰라. 안 봤어. 어떤 내용이야?"

히메쿠사 "잘은 모르지만. 이번 고보쿠가이(庚戌会)는 마침 메이지세츠(明治節) 날이니 오랜만에 성대하게 할 테니까 도쿄 시외의 병원 분들도 참가 신청을 해 주셨으면 한다고 쓰여 있었잖아요. 그 안내장 어디로 간 건가요?"

우스키 "흠. 그건 재미있을 것 같은데. 회비는 얼마야?"
히메쿠사 "아마 틀림없이 십 엔이었던 것 같은데요…"
우스키 "비싸네."
히메쿠사 "오호호. 하지만 간사인 시라타카 선생님으로부터 '우스키 선생님, 꼭 참석해 주세요' 라고 펜글씨로 쓴 추신이 있었어요."
우스키 "흠. 가 볼까?"
히메쿠사 "전, 선생님께서 꼭 가실 것이라고 생각해서요. 그러고 나서 전화로 시라타카 선생님께 이번에는 실수하면 안 돼요 라고 몇 번이고 확인했더니 음. 우스키 군에게서도 편지가 왔어. 게다가 간사를 떠맡았으니까 이번이야 말로 결단코 어떤 일이 있어도 가겠다고 말씀하셨어요. 그랬더니 다시 오늘과 같은 소동이 벌어졌잖아요. 저는 너무 분해서…."
우스키 "바보, 그런 것을 분해하는 사람이 어디 있어? 어쨌든 딱한 일이구먼. 소식을 전해들은 김에 라고 하면 좀 그렇지만, 병문안하러 갔다 올까?"
히메쿠사 "어머 선생님. 지금부터 당장 말이에요…?"
우스키 "음. 당장이라도 상관없지만…"

히메쿠사 "하지만 선생님. 아데노이드(독일어)Adenoid]31) 새 환자가 세 명이나 와 있는걸요."

우스키 "흠. 아데노이드라는 것을 어떻게 안 거야?"

히메쿠사 "호호. 저, 조금 선생님 흉내를 내 보았어요. 환자의 증상을 듣고 나서 입을 벌리게 하고 약간 코 안쪽에 손가락을 대 보니, 금방 아데노이드가 손가락에 닿더라구요."

우스키 "바보 아냐 … 쓸데없는 흉내 내지 마."

히메쿠사 " … 하지만 환자가 수술을 걱정해서 너무 장황하게 묻는 걸요? 그랬더니 세 번째 가장 어린아이의 비대 아데노이드에 손가락이 닿았나 싶었더니, 갑자기 꽉 물어버렸어요. 이렇게 … . "

라며 붕대로 감은 왼손의 가운뎃손가락을 꺼내 보였다.

우스키 " 거 봐. 앞으로 그런 주제넘게 흉내 내지 말라고."

라고 훈계하고 나서 나는 평소대로 진찰하기 시작했는데, 그녀는 특별히 병문안하러 가려고 하는 나를 억지로 멈추려고 하는 기색을 보이지 않았다.

---

31) 아데노이드(독일어) Adenoid] : 편도가 증식하여 커지는 병. 어린아이에게 많다. 비인강(鼻咽腔) 비대(肥大).

그러나 오후 1시부터 3시까지 휴식 시간이 되어, 병원에서 그리 멀지 않은 모미지자카(紅葉坂)의 집에 돌아가려고 하자, 그 현관에서 그녀가 또다시 내 앞에 달려들면서 맥없이 머리를 숙였다.

히메쿠사 "선생님. 미안하지만, 오늘 오후부터 잠시 휴가를 받고 싶은데요."

우스키 "음. 오늘은 수술이 없으니 나가도 되지만… 어디에 가는 건데?"

히메쿠사 "저… 시라타카 선생님 부인에게 병문안하러 갔으면 해서요. 아무래도 한 번 찾아뵈어야 할 것 같아서요…."

우스키 "음. 그거 딱 좋네. 나도 오늘 밤쯤 가려고 생각하고 있으니까, 그렇게 말해 주게."

히메쿠사 "고맙습니다. 그럼 갔다 오겠습니다."

우스키 "조심해서 다녀와요. 날씨도 이제 좋아지겠지."

그녀와 내가 이렇게 숙연하고 우울한 어조로 말을 주고받은 것은 이때가 처음이었던 것 같다. 왠지 모르게 무슨 일인가가 일어날 듯한 예감이 들었다고나 할까? 아니면 이때 이미 시라타카 선생님에 관해 절체절명의 파국으로 몰려가고 있다는 사실을, 지나칠 정도로 자각하고 있던 그녀 자신의 마음속 안타까운 우울함이 내가 신경에 쓰인 것인지도 모르겠지만⋯.

여느 때와 마찬가지로 병원 일을 끝낸 나는 비가 그친 노란 석양 속을 모미지자카(紅葉坂)의 집으로 돌아와서 저녁 식사를 마쳤다. 식사하는 김에 시라타카 부인의 오늘 일을 비교적 밝은 기분으로 지껄이고 있자니, 그동안 아무 말 없이 식사 시중을 들고 있던 아내 마쓰코(松子)가 갑자기 엄청난 이야기를 꺼냈다.

마쓰코 "있잖아요, 당신. 히메쿠사 씨 이야기는 전 아무래도 이상하다고 생각해요."

우스키 "⋯ 흠⋯ 어떻게 이상한 거야?"

마쓰코 "나는 요전부터 그렇게 생각했어요. 히메쿠사 씨가 소개한 시라타카 선생님을 당신이 아무리 노력해도 만나 뵙지 못하는 것이 정말 수상해서 견딜 수가 없었어요."

우스키 "뭘, 그래. 운이 나빴던 거야."

마쓰코 "아니오. 그게 이상해요. 왜냐면 너무 과도하게 운이 나쁜 게 아닌가? 저는 왠지 모르게 히메쿠사 씨가 농간을 부려서 만나게 하지 않으려고 꾸미고 있는 듯한 생각이 들어요."

우스키 "아하하. '아무리 노력해도 만날 수 없는 인간' 같은 것은 확실히 당신의 취미이지. 탐정소설, 탐정소설 … ."

 미리 말해 두지만, 아내 마쓰코(松子)는 여학교(女学校)32) 시절부터 '괴기취미(怪奇趣味)' 등의 탐정 취미 잡지의 애독자로, 그 잡지에 심취한 탓인지 머리 회전이 보통 여자들과 달랐다. 마작의 텐파이(聽牌, てんぱい)33)를 맞출 정도의 일은 '식은 죽 먹기'로, 직업 소개 란의 세 줄 광고의 속임수를 많은 시간을 들여 알아내고야 만다. 또는 전차 안에서 본 여성 복장에서 그 여성의 수입과는 어울리지 않은 생활 상태를 비판하는 등… 일종의 악취미의 소유자였다. 따라서 내 아내이면서도 가끔 섬뜩한 일이나 귀찮은 일이 없는 것도 아니었다. 그러나 그런 아내의 머리 회전에 관해 내가 마음속으로 적잖이 두려움을 품고 있던 것은 사실이었다.

---

32) 여학교(女學校) : 제2차 세계대전 이전의 일본에서, 여자 교육을 실시하기 위한 학교를 가리키는 명칭이다. 메이지(明治) 초기에는 여자가 취학하는 학교 전반을 가리켰지만, 학교 교육 제도가 정비되자, 여자 중등 교육기관을 가리켜서 사용되게 되었다. 구제(舊制) '고등여학교(高等女學校)'의 준말.
33) 텐파이(聽牌, てんぱい) : 마작에서 필요한 패가 한 개가 들어오면 승산이 있는 것.

따라서 이때도 히메쿠사 간호부에 대한 의심을 보통 일반의 질투와 혼동하는 등의 생각은 전혀 생기지 않았다. 또다시 그녀의 변태적 취미가 나왔구나, 정도로밖에 생각하지 않았지만 그래도 그런 그녀의 히메쿠사 유리코에 대한 의심이 무언가 쉽지 않은 큰 사건이 될 것 같은 예감만은 확실히 느껴졌기 때문에, 아주 조심스럽게 나는 그녀의 생각을 일단 검토해 보고 싶어진 것이다.

우스키 "시라타카 선생님을 내가 만나지 못하는 것이 이상하다면 이상한 일인데, 말보다 증거가 중요하다잖아. 오늘밤에 나가서 꼭 만나고 올 생각이니 됐잖아?"

마쓰코 "네. … 하지만 만나시면 … 왠지 모르게 커다란 말썽이 생길 것 같은 생각이 들어 견딜 수가 없어요. … 난 … "

우스키 "아하하. 두 사람이 조우하자마자 팍하고 폭탄이라도 터지는 건가?"

마쓰코 "네. 그런 예감이 들어요. 몇 번이나 두드려도 폭발하지 않았던 적에게 빼앗은 포탄이 조금 굴러가더니 폭발해서 모든 것이 엉망진창이 된 신문기사가 있었지요? 이번 일도 그것과 흡사하지 않아요? 왠지 모르게 난 가슴이 두근거려요."

우스키 "아하, 아하. 더욱더 괴기 취향이야. 게다가 만화 취향이야. 애덤슨이나 뭔가의…"

마쓰코 "호호. 더 굉장한 느낌이에요."

우스키 "아하하. 악취미이군. 그래도 오늘 만나지 못하면 도대체 어떻게 되는 거지? 이야기는…"

마쓰코 "아니오. 저는 오늘 밤이야말로 틀림없이 당신이 시라타카 선생님을 만나실 수 있으리라 생각해요. 그러면 모두 알 수 있겠지요."

우스키 "명탐정이네. 어떻게 만날 수 있는 거지?"

마쓰코 "오늘 밤의 고보쿠가이(庚戌会)은 어디에서 하나요?"

우스키 "역시 마루노우치(丸の内) 구락부(俱楽部)야."

마쓰코 "지금 나가시면 시라타카 선생님께서 와 계실 거라 생각해요."

우스키 "말도 안 돼. 사모님이 아픈데 설마 올까?"

마쓰코 "후훗, 당신은 바보예요. 아직 믿고 있나요. 시라타카 사모님이 졸도했다는 소동을…"

우스키 "믿고말고. … 그래서 병문안하러 가는 거 아냐?"

마쓰코 "병문안은 그만둬요. … 그리고 모르는 체하고 고보쿠가이(庚戌会)에 참석해 보시라는 거에요. 틀림없이 진짜 시라타카 선생님이 계실 테니까…."

우스키 "진짜 시라타카 선생님이라. 흠. 즉 그럼 지금까지의 시라타카 선생님은 히메쿠사 유리코가 창작한 실루엣이라는 건가?"

마쓰코 "네 그래요. 왠지 모르게 그런 생각이 들어 견딜 수가 없어요. 그 아이의 본가가 유복하다고 하는 것도 믿을 수 없다는 생각이 들고, 나이가 19세라고 하는 것도 엉터리가 아닌가 생각해요."

우스키 "놀랍군. 어떻게 안 거야?"

마쓰코 "나는… 그 아이가 병원 복도에 멈추어 서서, 뭔가 풀이 죽어 생각에 잠겨 있는 옆얼굴을 요전에 약국 창을 통해 가만히 본 일이 있어요. 그랬더니 눈가와 턱에 작은 주름이 가득 나와 있어서. 아무래도 25, 6의 여성의 한창때를 지난 나이로밖에 보이지 않았어요."

우스키 "흠. 왠지 이야기가 어마어마해졌네. 히메쿠사 유리코의 정체가 점점 사라져 가는 게 아닌가? 유령처럼…."

마쓰코 "그뿐만이 아니에요. 그 옆얼굴을 단 한 번 보기만 해도 무척 궁상맞고, 비참한 집안 딸의 외모로 보였어요. 할머니같이 보이는 새우 등 모양이 되어. 이렇게…."

우스키 "괴담, 괴담. 요괴 … 꺅! 하고 올 것 같군."

마쓰코 "놀리지 마요. 진지한 이야기에요. 그러니까 보통 때는 화장이나 기분으로 속아서 생기발랄하고 천진무구하게 보이는 거겠지만, 아무도 안 보고 있다고 생각하고 생각에 잠겨 있을 때는 완전히 맥이 빠지니까, 그런 식으로 본성이 나타나는 게 아닌가 생각해요."

우스키 "읍34)! 대단한 명탐정이 등장했군. 당신, 탐정소설가가 돼 보지 그래. 틀림없이 성공할 거야."

마쓰코 "어머. 난 진지하게 말하는 거예요. 속상하네. 정말이지 그 사람, 왠지 기분이 나쁘다구요."

우스키 "그렇게 말하는 당신이 훨씬 어쩐지 기분 나쁘거든, 하하."

마쓰코 "미워요. 몰라요.

우스키 "좀 더 상식적으로 생각하는 것이 어때. 첫째로 그 아이가 말인데. 히메쿠사 유리코가 무슨 필요가 있다고 그런 힘든 거짓말을 꾸미는 것인지 그 이유를 모르지 않나? 지금까지 들고 온 선물 분량도 그냥 보통 금액이 아니니까. 게다가 있지도 않은 또 한 명 시라타카 선생을 창작해서 전화를 걸게 하거나 가부키로 안내

---

34) 읍 : 미치는 웃음을 억누르거나 입이 막히는 것.

시키거나 카스테라를 보내게 하거나 감기에 걸리게 하거나, 히라쓰카(平塚)에 왕진하게 하거나, 부인을 미쓰코시(三越) 현관에서 쓰러뜨리거나 해서 … 꾸며낸 이야기로 이해하는데 상당히 힘들잖아. 하물며 우리를 이렇게까지 속이려는 마음고생이란, 생각만 해도 소름이 끼치지 않나?"

마쓰코 "나는 … 그것은 모두 그 아이의 허영이라고 생각해요. 그런 사람의 기분 난 알 수 있을 것 같아."

우스키 "웁. 괴이한 결론이네. 헛수고만 하는 허영 아닌가?"

마쓰코 "네. 그게 말이지요. 그 사람은 착실하게 살고 싶다 살고 싶다. '수수하고 착실하게 살고 싶다', '모든 이에게 신뢰받고 싶다'고만 생각하고 있는 것이 그 아이의 허영이니까요. 그래서 거짓말을 하는 거예요."

우스키 "그것이 가장 이상하지 않나? 첫째로 그렇게까지 우리 신뢰를 얻을 필요가 어디 있는 거야? 간호부로서의 솜씨는 제대로 인정받고 있고, 본가가 유복하든 가난하든 간호부로서의 자격이나 신용에는 관계가 없잖아. 그 정도의 일도 모르는 멍청이라면 히사쿠사는 존재하지 않을 거라고 생각하는데."

마쓰코 "네. 그건 알고 있어요. 설령 어떤 여자이든 지금 우리 병원의 마스코트이니까요, 의심한다거나 하는 게 미안하긴 하지만 … 그래도 매달 2일이나 3일쯤 되면 도장으로 찍은 것처럼 시라타카 선생의 이야기가 나오잖아요. 이상해요 ….”

우스키 "그건 고보쿠가이(庚戌会)가 그때 있으니까."

마쓰코 "하지만 … 역시 이상해요. 그것이 항상 못 만난다는 이야기잖아요 … 호호호 …."

우스키 "그래서 말하는 거잖아? 운이 나쁜 거라고 …."

마쓰코 "그러니까요. 그것이 이상하다니까요. 운이 너무 나빠서 왠지 모르게 신비스럽지 않아요?"

우스키 "그만둬. 시시해. 당신과 얘기하면 이야기가 늘 공전되기만 하고 진전이 없어. 신비 같은 게 뭐가 있어? 시라타카 씨를 만나면 알게 되겠지. … 차 좀 줘 …."

나는 조용히 저녁 식사의 젓가락을 내려놓고, 새로 맞춘 프록코트(남자 예복)로 갈아입었다. 아무도 의심하지 않는 히메쿠사 유리코를 여기까지 의심하게 된 아내의 머리가 귀찮다고 생각하면서 … .

우스키 "여하튼 오늘밤은 무슨 일이 있어도 시라타카 씨를 만나 보지 뭐. 위에서 아래까지 전부 뒤집어서라도 찾아내겠어. 아하하하. 이거 골치 아프게 되었군. …."

　사쿠라기초(桜木町)에서 큰맘 먹고 이 엔을 써서 내가, 우치사이와이초(內幸町)의 마루노우치(丸の內) 구락부(俱樂部)에 택시를 타고 도착한 것이 오후 8시 반쯤이었을까? 실은 여자 따위가 말하는 대로 되는 것이 그때, 약간 부아통이 터졌지만, 차를 올라타자마자 기분이 바뀌고 비좁고 답답하고 미궁 같아 보이는 시모로쿠반초(下六番町) 부근의 어둠을 차로 어물거리며 헤매는 것보다는 알기 쉬운 마루로우치 구락부에서 간단히 차로 그곳까지 가고 싶어졌기 때문이다.
　구락부의 현관에서 남자 종업원에게 물어보니,

남자 종업원 1 "고보쿠가이(庚戌会)는 오늘 밤입니다. 7시경부터 다들 모여서 이미 꽤 프로그램이 진행된 상태입니다."

라는 대답이었다.
　나는 가만히 그 종업원의 안내를 받고 널찍한 코르크를 죽 누른 계단을 올라갔는데, 올라감에 따라 층 안에 가득 찬 고조된 레코드와 무도의 웅성거림이 들리기 시작했다.
　나는 댄스는 배운 지 얼마 안 되지만 자신은 꽤 있다. 재즈,

탱고, 폭스트로트(fox-trot)35), 찰스턴(Charleston)36), 왈츠, 뭐든지 출 수 있는 요코하마 댄서야.

지금 하는 것은 스패니시 원 스텝(spanish one step)의 마키나(Markina) 것 같은데, 상당히 들뜨고 경조부박(輕佻浮薄)37)해서, 계단을 올라가는 도중에 종업원 어깨에 손을 얹고 싶어지는 매혹을 느꼈다.

정말 놀랐다. 고보쿠카이(庚戌会)라고 하면 근엄한 학술 보고회 겸 다과회 같은 거라고 생각했는데, 오히려 꽤나 기세가 대단한 게 아닌가! 회비 십 엔의 의미도 이해되고 간사인 시라타카 씨의 빈틈없는 수완의 정도도 엿보인다. 이런 분위기라면 짐짓 점잔 빼는 폭스트로트(fox-trot) 같은 것은 입고 오는 게 아니었다. … 라고 생각하는 동안 대기실 같은 방으로 안내 받았다. 보니까 주위 벽에서 테이블 위, 의자, 소파, 사이드 테이블 위까지도 모자와 외투가 여러 겹으로 가득 높이 쌓여 있었다. 대강 5, 60명분은 될 것이다. 큰 모임이니만큼 용케도 다들 많이 모인 것 같다.

---

35) 폭스트로트(fox-trot) : 1914~1917년경 미국에서 유행한 가장 보편적인 댄스뮤직.
36) 찰스턴(Charleston) : 1920년대 미국에서 유행한 춤.
37) 경조부박(輕佻浮薄) : 말하고 행동하는 것이 신중하지 못하고 경솔한 것.

남자 종업원 1 "여기에서 잠깐 기다려 주십시오. 지금 불러 드리겠습니다…"

라고 말하는 사이에 종업원은 오른쪽 문을 밀고 회장에 들어갔다. 그 순간 재즈 음향이 갑자기 크게 높아지고, 회장 내부가 힐끗 보였지만, 그 성대함을 보니 나는 '헉.' 하고 놀랐다.

문 맞은편은 몹시 넓은 홀인데, 천장에 온통 오색의 거품 같은 것이 하늘하늘 희미해 보이는 것은 회원들 손에서 빠져나온 고무풍선이었다. 그 아래를 소용돌이치는 남녀는 모두 턱시도, 후리소데(振袖)[38], 양복, 무도복 등의 오색칠채(五色七彩, 오색의 아름다운 색채)로, 여자란 여자, 남자란 남자의 등에 각각 여러 개의 고무풍선이 매달려 올라가 있었다. 그 고무풍선의 파도가 높아지는 음악 리듬에 맞추어 불가사의한 원형의 무지개처럼 느릿하게 뛰어오르며 홀 전체에 소용돌이치고 있다. 분홍색과 옥색의 밝은 광선속에 … 라고 생각하는 사이에 문이 딱 닫혔다.

문이 닫히자 얼마 안 되어 레코드 소리가 멈췄다. 따라서 무도의 웅성거림이 중단되고 쥐 죽은 듯이 고요해졌음을 느끼기도 전에 지금 막 닫힌 문이 맞은편으로부터 열리고 홍백 얼룩덜룩한 가로무늬의 삼각 종이 모자를 쓴 턱시도 무리가 5, 6명 우

---

38) 후리소데(振袖) : 겨드랑 밑을 꿰매지 않은 긴 소매 또는 그런 소매의 일본 옷으로 미혼 여성의 예복으로 입는다.

르르 일시에 밀어닥쳐 와서 내 눈앞 소파에 포개지며 쓰러져 기댔다. 넥타이가 비뚤어진 사람 … 커프스가 풀어져 흘러내린 사람 … 코 옆에 발그스름한 꾸며낸 티가 나는 립스틱이 있는 사람 … 모두 곤드레만드레 술에 잔뜩 취한 것 같이, 나는 거들떠보지도 않고 소파 위에 포개져서 서로 손발을 기대고 있었다.

"아 … 취했어. 이봐! … 나, 취했어. … "
"아, 유쾌하네. 오늘 밤은 최고야. … "
"음. 최고야. 시라타카 간사의 솜씨는 가외(可畏)라. 멋져. 최고야 … 음 최고야."
"놀랐어. 댄스홀을 세 개나 전부 빌리다니 … 시라타카 군이 아니면 할 수 없는 대단한 일이야."
"시라타카 군 만세! … "

라고 한 사람이 다 들릴 만큼 커다란 목소리를 냈는데, 그 남자가 몽롱한 술 취한 눈을 끄게 뜨고, 양손을 높이 들면서 일어나려고 하자, 맨 먼저 내가 있는 것을 알아차린 듯 깜짝 놀라 엉덩방아를 찧었다. 엉덩이 밑에 깔린 친구의 머리가 단말마적인 고통으로 발버둥 치는 것은 아랑곳하지 않고, 양손으로 무릎을 대고 버티며 새빨간 가슴츠레한 눈으로 내 프록코트(frock coat) 차림을 위아래로 쳐다보고 있었는데 갑자기 히쭉 웃으면서 입술을 죽 핥았다.

"헤헤 … 마술사가 오고 자빠졌네."
"뭐야? 마술이라고? 어디에서 하는 거야?"
"거 봐! 거기 서 있잖아?"
"뭐야! 네가 마술쟁이야? 너무 늦게 왔어. 제기랄. 여흥은 다 끝났다고."

나는 갑자기 불쾌해져서 도망치고 싶어졌다. 상대의 불성실한 것에 화가 난 게 아니다. 이런 얼간이 같은 복장으로 이곳에 뛰어들어 와서 막대처럼 선 채 움직이지 못하고 있는 나 자신이 한심스러워서 화가 난 것이다. 그러나 모처럼 여기까지 왔는데 시라타카 씨를 만나지 못한 채 돌아가는 것도 마음에 걸렸다.

"이봐. 생겼나? 피앙세가 … "
"음. 두세 명 생겼어."
"두, 세 명 … 거짓말하고 자빠졌네."
"이 미스·프린트를 봐!"
"어, 드디어! 한턱 내. 한턱 내."
"아직 몰라, 내일이 되어 봐야 알 수 있을 거야. 피앙세가 아호이완세(アホイワンセ)39)가 될지도 모르지만."

"아하하하. 틀림없어. 해소 걸이란 것도 있으니까. 택시 안에서 해소한다고 하니까. 택시는 좋은가라고 해서 ….."

"또 시작했구먼. 이제 속지 않아."

"아하하 … 아아 … 이러쿵저러쿵 말해 봤자 … 품어 보지 않으면 … 아하하. 뭐라고 말 좀 해보라구!"

"네에. 근대 마술은 탬버린·캐비닛을 응용한 거구요 … 택시 진행 중 해소 1막. 이것이 마음에 들면 다음 행위는 … 우선은 최고급 창녀, 마쿠시타(幕下)40)까지는 어쩔 수 없이 대기해야 합니다."

"드디어 오오(박수) 어때? 프록코트(frock coat) 선생님, 써 주지 않겠나?"

나는 결국에는 도망치려고 했는데, 그때 맞은편 문이 조용히 열려서, 혹시 하는 생각에 긴장하고 있자니, 제일 앞의 남자 종업원을 앞에 세우고 나와 같은 정도로 굳은 표정의 신사 한 사람이 들어왔다. 그 사람은 정통 무도복에 흰 조끼를 덧입은 가늘고 긴 중년 신사였는데, 홍백 얼룩덜룩한 가로 무늬의 삼각

---

39) 아호이완세(アホイワンセ) : 이 부분은 피앙세(フィアンセ)라는 말에 빗댄 조어(造語)로 [アホ(바보)+言う(말하다)」+ンセ에 상당하는 의미를 의미하는데 피앙세(フィアンセ)가 약혼자라면 아호이완세(アホイワンセ)는 멍청한 말을 하는 사람이라는 뜻을 함의하고 있다.

40) 마쿠시타(幕下) : 씨름꾼의 계급의 하나로 '주료(十両)'의 아래이고, '산단메(三段目)'의 위에 있는 지위.

모자를 오른손에 들고 왼쪽 손바닥에 얹은 명함을 내 얼굴과 비교해 보며 내 앞에 멈춰 서서는 핏기없는 우울한 얼굴로 나를 가만히 내려 보았다.

술에 취해 소파에 있는 무리들이 쥐 죽은 듯 조용해졌다. 각자 호기심이 있는 눈을 번뜩거리며 상대 신사와 내 얼굴을 비교해 보기 시작했다.

나는 규슈(九州)제국대학 재학 당시의 시라타카 씨의 사진을 한 장 가지고 있다. 규다이(九大) 이비과(耳鼻科) 부장, K박사를 중심으로 한 의국 전원이 찍힌 사진이었다. 그것을 시라타카 씨의 이야기가 나올 때마다 아내와 누나에게 보여주며 그 시절을 생각하고 그리워했다.

따라서 나는 이때 이 신사가 시라타카 선생인 것을 금방 알 수가 있었다. 그렇게 긴 세월 동안 아무리 애를 써도 못 만났던 그 사람을 이리도 쉽게 만나게 된 것을 진심으로 기뻐하며 마음이 놓였다.

나는 먼저 눈앞의 시라타카 선생의 앞이마에서 후두부에 걸쳐 적잖이 머리가 벗겨진 것에 놀랐다. 새삼스레 금석지감(今昔之感)41)에 휩싸였지만, 그러나 히메쿠사 간호부에게서 들은 인상에 따라, 시라타카 선생님이 대단히 소탈하고 해학적인 사람

---

41) 금석지감(今昔之感) : 지금과 옛날의 차이가 너무 심하여 생기는 느낌.

일 것이라는 생각에 냅다 인사를 했다.

> **우스키** "아, 시라타카 선생님이 아니십니까? 저는 우스키입니다. 지난번에는 정말 고마웠습니다."

라고 웃어 보이면서 한 걸음, 두 걸음 가까이 다가갔다. 이루 표현할 수 없는 그리움과 잘됐다는 생각이 가슴에 소용돌이치면서 ….

그런데 나는 그다음 순간에 당황하지 않을 수 없었다. 대단히 불쾌하고 쓰디쓴 표정을 지으면서 살짝 답례한 시라타카 선생님의 근엄하고 더할 나위 없는 무언의 태도와 몇 걸음을 사이에 두고 바로 정면으로 마주 대한 나는, 대략 2, 3분간 선 채로 움직이지 않은 상태로 긴장해서 우두커니 서 있어야 했다. 아마 시라타카 씨는 이런 내 대면 모습이 너무나도 갑작스럽고 버릇없는 것에 놀라 당황하신 것이라고 생각한다. 하물며 오랫동안 말한 적도 없는 사람이 갑자기 "지난번에는 고마웠다." 등과 같이 말을 걸면 누구나 일단은 경계하기 마련이다. 하필이면 세상사에 익숙한 시라타카 선생님이 간사 역이니만큼 나를 이런 댄스파티를 망쳐 놓는 사람, 소위 집단 갱(flock gang)이라고 착각했는지도 모르지만 그 자세한 사정은 확실치 않다. 여하튼 간에 이렇게 2, 3분간 서로 노려보며 그 자리에 선 채 꼼짝을 못하고 있던 차에 나는 마침내 견디지 못하고 다음과 같이 말했다.

우스키 "정말 감사합니다. … 몇 번이나 만나 뵐 기회를 놓쳐서 … 가까스로 만나 뵙게 되어 이제 마음이 놓입니다."

이런 내 두 번째 인사는 상당히 딱딱한 겉치레의 인사에 가까운 듯이 생각하지만, 그러나 시라타카 씨는 여전히 나를 응시한 채 양손을 주머니에 찔러 넣고 있었다. 정체를 알 수 없는 사람에게 말을 하는 것은 위험하다고 느끼고 있는 것처럼 … .

이렇게 또다시 10초 정도의 침묵이 계속되는 사이에 다시 큰 홀 방향에서 떠오르는 듯 투스텝의 레코드가 '와아아 안' 하고 울리기 시작했다.

내 겨드랑이에서 얼음 같은 식은땀이 줄줄 방울져 떨어졌다. 나는 또다시 참지 못하고 입술을 움직였다.

우스키 "그런데 … 사모님의 병환은 어떠십니까?"
시라타카 "네?! … ."

이때 시라타카 씨의 놀라서 충격을 받는 표정을 본 순간, 나는 이제 다 틀렸다고 생각했다.

시라타카 "집사람이 … 구미코(久美子)에게 … 무슨 일이 있는 건가요?"

우스키 "네. 미쓰코시(三越)의 현관에서 졸도 하셨다고 해서 …."

시라타카 "네?! 그게 언제쯤이죠?"

우스키 "오늘 아침 … 9시쯤 … ."

'와-' 하고 홍소(哄笑)42)가 터졌다. 소파에 앉아서 귀를 기울이고 있던 턱시도 무리가 배꼽을 움켜쥐고 웃으며 구르기 시작했다. 웃음을 너무 과장해서 마루 위에 떨어진 사람도 있었다.

나는 극도의 낭패감에 빠져들었다. 무례한 놈들 … 이라 생각하면서 나는 곧 그 무리를 째려보았는데, 이것은 노려보는 쪽이 어거지였을 것이다.

그러는 사이에 얼굴빛을 회복한 시라타카 씨의 입술이 조용히 움직이기 시작했다.

시라타카 "이상하네요. 처는 … 구미코는 오늘 아침부터 교회 회보를 쓴다고 해서 어디에도 가지 않았습니다. 아무 일 없이 집에 있었는데요."

우스키 "헤! … 거짓말인 건가요? 그럼? … "

---

42) 홍소(哄笑) : 입을 크게 벌려 웃는 것.

시라타카 "거짓말?… 나는… 나는 아직 아무 말도 안 했는데, 당신을… 처음 만나 뵈었는데요."

또다시 와 하고 일어나는 폭소….

우스키 "히메쿠사 유리코 녀석… 제기랄…"

시라타카 씨는 갑자기 눈을 부릅뜨고 반걸음 정도 뒤로 비슬거렸지만 … 바로 버텨내고는 이전의 근엄한 태도를 되찾았다. 걱정스러운 듯이 숨을 헐떡이며 내 얼굴을 들여다보려 했다.

시라타카 "히메쿠사… 히메쿠사 유리코가 또… 무슨 짓을 저질렀습니까?"

우스키 "네?!…"

나는 낭패에 낭패를 반복할 뿐이었다.

우스키 "또, 뭔가… 라고 말씀하셨습니까? 선생님. 선생님께서는 전부터 그 여자… 유리코를 아십니까?"

나는 엉겁결에 한 이 질문이 얼마나 모순되고 종잡을 수 없는가를 깨닫자마자 내 무릎이 바들바들 떨리는 것을 확실히 느꼈다. 살려 줘… 라고 고함치고 싶은 기분으로 시라타카 씨의 다음 말을 기다렸다.

그때 제일 앞에 있는 남자 종업원과는 다른 종업원 한 명이 계단을 뛰어 올라오는 소리가 났다.

남자 종업원 2 "요코하마(横浜)에서 오신 우스키 선생님 계십니까?"

우스키 "나야, 나…"

나는 안도하면서 돌아보았다.

남자 종업원 2 "전화입니다. 민유카이(民友会) 본부에서…"
우스키 "민유카이(民友会) 본부… 뭐라고 하는 사람이야?"
남자 종업원 2 "누구신지 모르지만 요코하마에서 오신 의원분이 본부에서 졸도하셔서 코피가 멈추지 않으니… 당장 선생님께서 와 주시기를 부탁드린다고…"
우스키 "기다려… 상대의 목소리는 남자야 여자야?…"
남자 종업원 2 "여성 목소리로… 젊으신…"

남자 종업원은 왠지 싱글싱글 웃었다.

우스키 "어처구니가 없군… 이름도 말하지 않는 사람에게 진찰하러 갈 수 있나? 이름을 물어보고 와. 그리고 명함을 지닌 사람에게 나를 모시러 오라고 해."

 이것은 내 멋쩍음을 감추기 위해 짐짓 과시하는 태도를 보인 것이라고 동석한 여러 사람이 틀림없이 이해했다고 생각하지만, 기실 그때의 내 심경은 그런 한가로운 상황은 아니었다. … 졸도해서 코피 … 라는 말을 듣고 곧바로 생각해낸 나는 곧 바로 오늘 아침 무렵 시라타카 부인에 관한 그녀의 이야기를 생각해낸 것이다.

 그녀 … 히메쿠사 유리코는 코피가 나서 멈추지 않는 경우, 이비과(耳鼻科)의 의사가 얼마나 당황해서 걱정하는지를 어딘가에서 실제로 보고 알고 있던 것임에 틀림없다. 그래서 내가 그녀의 예상과 어긋나게 고보쿠카이(庚戌会)에 참석한 것을 전화 등으로 알아낸 그녀는 당황한 나머지, 같은 날에 같은 종류의 환자를 두 번이나 내게 던지는 바보 같은 수단으로 나와 시라타카 씨의 만남을 방해하려고 시도한 것이다. 절체절명의 필사적인 생각에서 허무한 만일을 기한 것은 아닐까? 물론 우연의 일치라고도 생각할 수 있지만, 그녀를 의심하는 머리로 보면 결코 우연의 일치라고는 생각되지 않는다. 나는 그녀 … 히메쿠사 유리코의 불가사의한 뇌리의 농간에 감쪽같이, 순조롭게 빠져들기 시작한 내 입장을 이때 언뜻 자각한 것 같다는 생각이 들었다.

나는 한평생 이때만큼 무의미한 낭패를 반복한 적은 없다. 그대로 그 자리의 여러 손님과 시라타카 씨에게 간단히 인사만 하고, 말없이 방을 나왔다. 또다시 터져 나오는 폭소와 이어서 나오는 깔깔대는 웃음을 화려하게 소용돌이치는 재즈 선율과 함께 프록코트 등에 받으면서 허둥대며 계단을 뛰어 내려갔다. 지나가는 택시를 잡아 도쿄 역으로 달려갔다. 그리고 마음을 진정시키기 위해 일부러 2등석 표를 사서 사쿠라기초(桜木町) 행 전차에 올라탔다. 왠지 모르게 요코하마 집에 예사롭지 않은 사건이라도 일어난 것 같은 생각이 들어서 … 집사람이 애독하는 탐정소설의 문체를 보더라도 부재중인 집에 큰 사건이 발생하는 것은 십중팔구 이런 경우에 한해서 생기기 마련이니까 … 라는 상상이 특별히 생각하지도 않았는데 끊임없이 머릿속에 맴돌아 견딜 수 없는 초조와 불안 속에 나를 몰아넣는 것이었다. 그때의 내 맥박은 아마 틀림없이 100 이상 뛰고 있었을 것이다.

그러나 거기에서 무인의 2등차의 부드러운 쿠션 위에 털썩 앉아, 담배 연기를 한 대 뿜어 올릴 틈도 없이 내 심경에 또다시 중대한 변화가 생겼다. 창 너머로 미끄러지듯 지나가는 긴자(銀座)의 아름다운 가랑비 속의 네온사인을 아무 생각 없이 바라보는 동안 뭐가 뭔지 알 수 없는 채로, 무의미하게 끝없이 허둥대고 있는 자신을 점점 통절하게 자각하기 시작했다.

나는 왜 그렇게 당황해서 뛰어나온 것일까? 왜 더 깊이 파고들어 히메쿠사에 관해 시라타카 씨에게 물어보지 않았을까? 시라타카 씨는 그녀에 관해 더욱 더 상세히 알고 있는 듯한 말투였는데 … 다시 한번 시라타카 씨와 만날 수 있을지 어떨지도 알 수 없었는데 … 라고 깨달았다.

어쨌든 간에 시라타카 씨와 히메쿠사 유리코가 전혀 무관계하지 않다는 것은 확실하다. 내가 알고 있는 것 이외에 히메쿠사 유리코는 시라타카 씨에 관해 무언가 알고 있고, 시라타카 씨도 히메쿠사 유리코에 관해서는 무언가를 알고 있을 텐데 ….

그렇게 생각하는 동안 내 머릿속에 또다시 바로 그 마루노우치(丸の內) 구락부의 넓은 홀을 소용돌이치며 타오르는 파소도블레(paso doble)[43]의 행진곡이 떠다니기 시작했다.

나는 또다시 그녀를 신뢰하고자 하는 생각이 들었다. 나는 그녀가 이렇게까지 심각하고 억척스러운 거짓을 만들고 우리를 절박한 상태에 빠지게 할 필요가 어디에 있는지 아무리 생각해도 찾을 수 없었다. 그것보다도 어쩌면 나는 히메쿠사 유리코에게 감쪽같이 속기 이전에 시라타카 씨에게 완전히 속았는지도 모른다 … 고 깨달은 것이었다. 먼저 요전에 전화로 들은 시라타카 씨의 명랑한 음조(音調)와 오늘 만난 시라타카 씨의 쉬고 기

---

[43] 파소도블레(paso doble) : 스페인에서 발생한 무곡(舞曲)으로 빠르고 율동적인 리듬이 특징적이다.

운 없는 목소리는 느낌이 전혀 달랐다는 생각이 떠올랐기 때문이다.

맞아…. 시라타카 씨는 일부러 그렇게 냉엄한 태도를 취하며 후배이자 시골 사람인 나를 속이고 희롱하고 계신지도 모른다. 나중에 크게 비웃으려는 심산인지도 모른다. 도쿄의 고보쿠카이(庚戌会)에 참석해서 그 분야에서 위세를 떨치는 사람들과 교류하고 다리를 놓는 것은 지방 개업의의 명예이며 또한 큰 득책일 수도 있기 때문에, 그런 의미에서 우월적인 입장에 있는 시라타카 씨는 필시 내 참석을 예상하고 그런 식으로 성격을 카무플라쥬(프랑스어) camouflage]⁴⁴⁾해서 각종 장난을 치고 계신지도 모른다.

… 맞아 맞아. 그쪽이 가능성이 있는 설명이다. 그것이 감쪽같이 계획에 들어맞아서 그렇게 모두 웃었는지도 모른다. … 라고 그런 것까지 생각하게 되었는데, 이것은 내가 원래 그런 장난을 매우 좋아해서 감옥에 안 갈 정도의 전과자였다는 점에서, 자신과 비교하여 추측한 사실에 지나지 않았을 것이다. 동시에 거기에는 히메쿠사 유리코로부터 이식된 시라타카 씨의 성격에 관한 선입관이 크게 영향을 미친 것도 알 수 있는 사실인데, 여하튼 사실 그런 식으로라도 생각을 굳혀서 마음을 진정시켜 두

---

44) 카무플라쥬(프랑스어) camouflage] : 불리하거나 부끄러운 것을 드러내지 아니하도록 의도적으로 꾸미는 것.

지 않으면, 당장 말할 수 없이 비상식적이고 무서운 불안이 치밀어 올라와서 도저히 가만히 30분 동안 전차를 타고 있을 수 없는 생각이 들었기 때문이다. 그래도 전차가 덜컥덜컥 흔들리면서 암흑의 평지를 서쪽을 향해 달리는 것이 견딜 수 없이 무서워져서 도중에 뛰어내리고 싶어졌을 정도로 나는 일종의 탐정소설처럼 이해할 수 없는 불안한 흥분의 저류(低流)45)에 사로잡혀 있었다. 요코하마에 돌아가면 내 가족과 우리 병원이 히메쿠사 유리코와 함께 어딘가로 사라져서 없어지지는 않을까라는 ….

사쿠라기초(桜木町) 역에 도착한 것은 몇 시쯤이었을까? 거기에서 그리 멀지 않은 모미지자카(紅葉坂)의 집까지 뭔가 가슴을 두근거리면서 비가 그친 길을 서둘러 가고 있자니, 갑자기 뒤의 다릿목의 어둠 속에서,

"우스키 선생님 …."

이라고 부르는 슬픈 듯한 목소리가 들려와서, 나는 마치 예상했던 것처럼 흠칫하며 멈추어 섰다. 그것은 의심할 여지도 없는 유리코의 목소리이었다.

유리코는 오늘 오후 외출했을 때 그대로의 모습으로 검은 남성용 양산을 들고 있었고, 밤눈에도 흰 목덜미 화장을 하고 있었

---

45) 저류(低流) : 표면에는 나타나지 않고 깊은 속에 움직이는 사상·감정·기세 등을 비유적으로 이르는 말.

는데, 기분 탓인지 눈꺼풀 언저리가 검은빛을 띠는 것 같았다.

그녀는 그 양산을 펼치고 사람 눈에 띄지 않게 내게 바싹 붙었다. 그리고 여느 때의 쾌활함은 흔적도 없이 음침하면서도 시원시원한 어조로 물었다.

히메쿠사 "선생님. 고보쿠카이(庚戌会)에 가셨습니까?"
우스키 "응. 갔어."
히메쿠사 "시라타카 선생님과 만나셨습니까?"
우스키 "응.⋯ 만났어."
히메쿠사 "시라타카 선생님이 기뻐하시지요?"
우스키 "아니. 무척 무뚝뚝하던데. 이상한 사람이네. 그 선생님은⋯."

나는 다소 비아냥거리는 말투로 내 딴에는 그렇게 말했는데, 그녀는 이미 훨씬 전에 나의 이런 말을 예상했던 것처럼 내 얼굴을 흘끗 보기가 무섭게 쓸쓸한 듯한 미소를 옆 볼에 나타내 보이면서 끄덕였다.

히메쿠사 "네, 틀림없이 그럴 거라고 생각했어요. 하지만 선생님 ⋯ 시라타카 선생님은 사실은 그런 분이 아니에요."

우스키 "흥. 역시 쾌활한 남자인가?"

히메쿠사 "네. 무척 재미있고 싹싹한 분이에요…"

우스키 "이상하네. … 그럼 … 어째서 내게 그런 무례한 태도를 취한 것일까?"

히메쿠사 "선생님 … . 저, 그 일에 관해 선생님께 말씀드리고 싶어 오늘 낮부터 죽 여기에 서서 선생님께서 돌아오시는 것을 기다리고 있었어요. 하지만 … 전철이나 자동차 중에서 무엇으로 돌아오시는지 알 수 없어서요."

그렇게 말하는 동안, 그녀는 두세 번 화려한 치리멘(縮緬)46) 소맷자락을 얼굴에 댄 것 같았는데, 그래도 젊은 처자와 같은 야무진 태도로 다소 분개한 듯한 말투를 섞으면서 다음과 같이 놀라운 사실을 말하기 시작했다.

나는 그때 그녀한테서 들은 시라타카 선생님의 가정에 관한 놀랄 만한 비밀스러운 것을 여기에 숨기지 않고 적어 두고자 한다. 이것은 결코 시라타카 선생님 가정의 신성을 모독하려는 의미는 아니다. 내가 그분의 인격을 더할 나위 없이 존경하고, 신뢰하고 있다는 사실을 고백하는 것이라는 사실을 굳게 믿고 있기 때문이다. 동시에 히메쿠사 유리코라는 거짓의 천재가 얼마나 놀라울 정도로 거짓말을 그럴듯하게 하는지를 증명하기에

---

46) 치리멘(縮緬) : 바탕이 오글쪼글한 견직물.

충분하다고 믿기 때문이다. 보통 사람의 보통 정도의 거짓으로는 도저히 구할 수 없는 이런 참담하고 파국적인 장면을 눈 깜짝할 사이에 생각해낸 그녀 특유의 천재적 거짓말…그 자리에서 거짓말을 10개 섞어서 그럴듯한 이야기를 만드는 창작, 각색 기술로서 얼마나 멋지게 예술적으로 수습해 갔는지?

나는 빛과 소음의 강과 같은 12시경의 사쿠라기초(桜木町)의 전차 거리의 보도를 그녀와 나란히 걸으면서, 그녀가 계속 이야기하는 놀라운 진상(真相)…에 대해 열심히 귀를 기울였다.

시라타카 씨…오늘 만나 근엄 그 자체와 같은 시라타카 씨는 K대 이비인후과에 재직 중에 히메쿠사 유리코를 더할 나위 없이 귀하게 여기고 총애했다. 그리고 숙직하는 밤이 되면 그런 시라타카 씨의 그녀에 대한 총애가 여러 번 어떤 지켜야 할 선을 넘으려고 했다.

그러나 물론 그녀는 그것을 즐거워하지 않았다.

그녀의 염원은 간호부로서의 상당한 지위와 교양을 완성하고 나서, 여성의사로서의 자격을 얻어 자기가 믿는 신사와 결혼하고 다이도쿄(大東京)[47]의 한가운데에서 개업한다. 그리고 손을 맞잡고 금의환향(錦衣還鄉)한다…는 것을 필생의 목적으로 삼

---

47) 다이도쿄(大東京) : 도쿄(東京) 시(市)[도쿄(東京) 15구(区)]에, 인접한 5군(郡) 등을 포함하는 1920년대의 역사적 지역을 가리킨다.

앉기 때문에 이유 없이 남의 노리갯감이 되는 것을 극도로 두려워한 그녀는 결국 절체절명의 결심을 하고, 이것을 직접 시라타카 씨의 영규(令閨)[48]인 구미코(久美子) 부인에게 호소했다.

그런데 구미코 부인은 그녀가 상상한 대로 참으로 현명하고 정숙한 여성이었다. 세상의 보통 부인이라면 이런 경우에 남편의 허물을 불문에 부치고 바로 상대의 무고한 여성의 존재를 죽을 만큼 저주하고 증오하기 마련이지만, 세상 물정에 밝은… 남편의 마지막만을 생각하는 구미코 부인은 그녀의 이런 결백한 태도를 몹시 기뻐했다. 그래서 그녀를 더할 나위 없이 불쌍히 여기고 오래도록 집에 두고 뒷바라지를 해 주고 싶었던 것이다. 사고가 없게끔 하겠다는 생각에서, 금년 2월 이후 시모로쿠반초(下六番町)의 집에 묵게 하려고 배려했지만, 이것에 대해서는 역시 시라타카 씨도 굳이 한마디의 항의도 하지 않았다.

그러나 구미코 부인의 그녀에 대한 이런 호의가 뜻밖에도 그녀가 직장을 잃어버리는 원인이 되었다. 그녀의 간호부로서의 우수한 솜씨를 전부터 시샘하고 있는 데다가, 그녀의 이런 과분한 총우(寵遇)[49]를 모였다 하면 질투하고 부러워하기 시작한 신간호부와 구간호부들이 드디어 그녀를 시라타카 조교수의 제2

---

48) 영규(令閨) : 남의 아내를 높여 이르는 말. 영실(令室). 영부인.
49) 총우(寵遇) : 귀여워하고 사랑하여 특별히 대우하는 것.

부인이라는 소문으로 날조하여 떠들썩하게 선전하기 시작했다. 그녀는 구미코 부인에 대해 너무 미안해서 물러나겠다고 부탁하자 부인도 울면서 승낙하고 분에 넘치는 행하(行下)50)를 주어서, 유리코는 마치 언니와 여동생이 생이별하는 기분이 들었고, 시타야(下谷)의 이모 집에 신세를 지게 되었다고 한다. 그것이 금년 5월초로 그리고 여기저기 직장을 찾아다니다가 우스키 병원에 정착하게 되어 겨우 한숨을 돌리게 되었다고 … 그녀가 고백한 것이다.

> 히메쿠사 "그래서 요전부터 시라타카 선생님께서 아무리 노력해도 우스키 선생님을 만나시지 않은 이유도 저는 잘 알고 있었어요. 저 오늘 시라타카 선생님 부인을 만나 뵙고 지금까지의 자잘한 걱정을 죄다 말씀드렸어요. 만약 우스키 선생님과 시라타카 선생님이 완전히 친한 친구가 되셔서 그런 사정을 아시게 되었을 때, 시라타카 선생님을 어렵게 여기신 우스키 선생님께서 저를 해고하시는 일이 있으면 어떻게 해야 하나요? 하고 말씀드렸더니 … 사모님께서도 눈물을 흘리시며 "절대로 걱정하지 말아요. 앞으로 어떤 일이 있어도 우스키 선생님이 있는 곳에서 나와서는 안 돼

---

50) 행하(行下) : 심부름을 하거나 시중을 든 사람에게 주는 돈이나 물건.

요. 조만간에 내가 우스키 선생님에게 잘 부탁할 테니까."라는 고마운 말씀을 해주셨어요. 그래서 전 몹시 기쁘고 크게 안심해서 요코하마에 돌아오기는 했지만, 오늘 우스키 선생님께서 시라타카 선생님을 만나셨을 때, 시라타카 선생님께서 어떤 태도를 취하셨는지 … 눈치가 빠른 분이니까 의외로 시원시원하게 대해주셨으리라 생각하지만, 다시 잘 생각해 보니 남자 분은 이런 일에 있어서는 무척 대담하고 비겁한 짓을 하시니까요. … 어머나, 죄송합니다. 호호 … 그렇게 생각하니 정말 무서워서 견딜 수가 없어졌어요. '어쩌면 시라타카 선생님께서는 지금까지의 일을 전혀 모르는 체하다가 평소와 다르게 무뚝뚝하게 첫 대면 하는 듯한 태도로 우스키 선생님을 실망시키실 지도 모른다. 그렇게 무언중에 제 입장을 난처하게 하실지도 모른다. 저를 아무런 근거도 없이 거짓말을 하는 여자로 보이도록 하실 지도 모른다.'…라는 생각이 들자, 안절부절못하게 되어 선생님께서 돌아오시는 것을 저기에서 기다리고 있는 것밖에 달리 방도가 없었어요. 저기요, 우스키 선생님. 선생님이 젤 처음에 시라타카 선생님 좀 소개해 달라고 하셨을 때,

저는 우울해져셔 거절하려고 했던 것 기억하고 계시지요? 저, 그 때 뭔지 왠지 이런 일이 일어날 것 같은 생각이 들어서 그렇게 주저했었는데요. 소중한 선생님이 그렇게나 열심히 부탁을 하시니 저도 마음을 굳게 먹고 시라타카 선생님께 전화를 걸었던 거예요. … 있잖아요? … 우스키 선생님. 그러니 시라타카 선생님께서 아무리 노력해도 선생님을 만나시지 않았던 이유를 이제는 아시겠어요? 시라타카 선생님께서는 선생님께서 이미 저로부터 모든 것을 들으셨다고 굳게 믿고 나가셨으니까, 선생님에게 얼굴을 보이는 것을 별로 좋아하시지 않았던 거예요. 그래서 '한 번은 꼭 만나지 않으면 안 된다', '하지만 만나고 싶지 않다.' … 라는 생각에서 그런 책략을 몇 번이나 사용하신 것에 틀림없다고 생각해요. 저 … 시라타카 선생님의 그런 기분을 잘 알고 있었으니까 … 분하고 분해서 … . 저 … 남의 가정의 비밀 같은 것을 함부로 이야기하는 여자가 아닌데 … 저를 끝까지 납작해진 룸펜으로 만들어, 세상에 면목이 서지 않게 하시다니 … 오로지 선생님만을 위한 것이었는데 … K대에서 그렇게 열심히 일했는데 … 너무 해요 … 너무 해요

… 정말 너무 하세요."

 그녀는 길가의 자갈을 쌓은 곳에 뿌린 석회 위에 검은 양산을 내던지고 양 소맷자락을 얼굴에 대면서 흐느껴 울기 시작했다.
 정신을 차리고 보니 우리 둘은 어느 틈엔지 모미지자카(紅葉坂)의 집 돌층계 아래까지 와서 마주본 채 서 있었다. 때마침 지나가는 노동자 같은 사람이 두세 명이 묘한 눈초리로 돌아다보고 갔지만 그 무리들의 눈에 우리 두 사람은 어떤 사이로 보였을까?
 나는 간신히 그녀를 어르고 달래서 병원으로 돌아가게 했다. 그러나 그때 어떤 말로 그녀를 위로했는지 전혀 기억나지 않는다. 만일 기억하고 있다면 필시 시라타카 씨가 분개할 만한 말만 늘어놓았을 것이다.

 바로 옆에 있는 돌층계를 올라가서 골목의 막다른 곳에 있는 집 현관의 낡아빠진 격자문을 열자마자, 안방의 큰 괘종시계가 1시를 울렸다. 20분 정도 빠르다고 해도 그녀와 서서 이야기한 시간이 무척 길었다는 것에 나는 혼자서 얼굴이 뜨거워지고 말았다. 그렇게 무사태평한 듯한 같은 집안의 분위기를 살피고 나도 모르게 후유 하고 가슴을 쓸어내렸다.
 그런데 그 안심감은 요컨대 나의 한때의 헛된 기쁨에 지나지 않았다. 전철 안에서 내가 계속 품어왔던 조금 이상한 걱정은 역시 전혀 예상도 하지 못했던 의미에서 정말 훌륭하게 적중했던 것이다. 약간 흥분 상태로 다급하게 나를 맞이한 잠옷 차림의 누나와 처는 내 얼굴을 보자마자 입을 모아 질문했다. 금방이라도 멱살을 잡으려는 듯이,

"시라타카 선생님을 만났어?"

라고 좌우에서 힐문하는 것이었다.

우스키 "응 만났어."
"히메쿠사 씨와는…."
우스키 "지금 이 부근에서 이야기하고 왔어."

누나와 처는 얼굴을 마주보았다. 무언의 두 사람의 볼에는 공포의 기색이 역력했다. 그 얼굴을 보면서 쥐색의 중절모를 벗은 순간 나는 탐정소설의 심야 페이지 속에 서 있게 된 내 자신을 발견한 듯한 소름 끼치는 무서운 기운에 사로잡히는 것이었다.

마쓰코 "히메쿠사 씨와 어떤 이야기를 했어요?"
우스키 "음. 뭐 그쪽에서 먼저 이야기해 봐."
마쓰코 "당신이 먼저 이야기해 봐요."

우스키 "… 바보 … 마찬가지잖아? 이야기해 봐."

마쓰코 "하지만 당신 …"

우스키 "거실로 가자고. 목말라."

그리고 뜨거운 반차(番茶)51)를 마시면서 두 여자의 이야기를 듣고 있는 사이에 웬걸 … 여태껏 내 머릿속에 떠올랐던 기묘한 가정 비극의 무대 장면이 어느 틈엔가 획획 완전히 바뀌고 말았다.

내가 없는 동안에 아파서 누워 계셔야 할 시라타카 구미코 부인으로부터 우스키 병원으로 전화가 걸려왔다. 그것은 약 2시간 전에 나와 만난 시라타카 조교수가 곧 바로 시모로쿠반초의 집으로 전화를 걸었기 때문이었고, 대단히 냉정하고 동시에 더할 나위 없이 우의적(友誼的)52)인 어조로 시라타카 부인이 우리 가족에게 하는 경고였다.

전화를 받은 상대는 처인 마쓰코(松子)였다고 하는데, 그때 시라타카 부인한테서 들은 상황은 여자가 듣기로는 참말로 혼비백산할만한 것뿐이었다고 한다.

물론 히메쿠사 유리코 말에도 약간의 진실성은 있었다. 그녀는 확실히 K대 이비과(耳鼻科)에서 근무한 적이 있는 히메쿠사

---

51) 반차(番茶) : 일본의 차의 일종으로 가격이 싸서 평상시 자주 마신다.
52) 우의적(友誼的) : 친구 사이의 정의가 있는 것.

유리코와 동일인임에 틀림없었다. 그녀의 간호부로서의 기술이 경이로울 정도로 빼어나고 천재적인 것도 사실이었다. 그러나 동시에 실로 경이로울 정도로 빼어나고 천재적인 거짓말의 명인인 것도 주지의 사실이었다.

다소 사회적으로 저명한 인물 등이 K대 이비과에 입원하면, 그녀 즉 히메쿠사 유리코는 그녀 특유의 민첩한 교섭 수완으로 남을 밀어내고 온갖 수단을 다해 간호에 임했다.

그리고 그런 사람들이 무조건 히메쿠사가 최고라고 반드시 말하게끔 만들었다. 그 결과 어떻게 손에 넣은 것인지, 그런 환자에게 받았다는 귀중품 등을 자랑하면서 동료들에게 내보이는 적도 여러 차례 있었다고 한다.

그뿐만 아니다. 그녀는 그런 신분이 있는 가족 중의 누군가와 혼약이 이루어졌다. … 등과 같이 태연하게 말을 퍼뜨리는가 하면, 종국에는 역시 훨씬 전에 입원한 적이 있는 영화배우나 누구의 자식을 임신해서 낙태해야 한다. … 라는 말을 넉살 좋게 간호 부장에게 털어놓고는(?) 오랫동안 병원을 쉰다. 그 밖에 의사 누구누구와 자신의 관계를 자기 입으로 그럴듯하게 소문을 낸다 … 는 식으로 풍기를 문란하게 하는 일이 하도 많아서 결국 K대 이비과장(耳鼻科長)인 오나기(大凪) 교수의 호의에 의해 유시퇴직(諭示退職)[53]의 처분을 받게 되었다고 한다.

그러나 오래전부터 감리교파의 독신자였던 시라타카 부인은 전부터 그녀의 이런 못된 버릇에 대해 일종의 동정심을 가지고 있었다. 그래서 그녀의 재능과 앞날을 몹시 애석히 여긴 것 같아서, 그녀가 해고되자마자 자기 집에 머무르게 하고 전력을 다해 애써서 거짓말을 하지 않도록 교육했다. 그리스도의 이름으로 그녀의 못된 버릇을 봉하려고 시도해 보았던 것이다.

그러나 그것이 그녀로서는 참을 수 없이 따분한 것이었던 것 같다. 결국 무단으로 시라타카 집을 뛰쳐나와 행방을 감추고 말았기 때문에, 어디에 간 것일까 하고 자나 깨나 구미코 부인이 걱정하고 있는 사이에 갑자기 금년 6월 초순 무렵, 유리코로부터 전화가 걸려 와서 '지금은 요코하마의 우스키 병원에 있어요. 저도 그때부터 거짓말하는 것을 딱 그만두고 우스키 선생님한테서 신뢰받고 있으니, 이전에 관한 것은 제발 도와주는 셈 치고 비밀로 해 주세요.'…라는 매우 조신한 말투였다고 한다.

그러나 그녀의 성격을 속속들이 잘 알고 있는 시라타카 부부는 쉽게 그녀의 말을 믿지 않았을 뿐만 아니라 그 이후 뭔가 형용할 수 없는 불안에 싸여 있었다. 또 그녀가 우스키 집에 들어가서 그럴듯한 거짓말을 해서 우스키 집안을 어지럽히고 혼란

---

53) 유시퇴직(諭示退職) : 원래는 징계해고에 상당하는 불상사를 일으킨 사원에 대해 본인이 잘못을 인정하고 반성한 경우 등에 회사가 행하는 처분. 유지퇴직(諭旨退職).

스럽게 하려고 생각하고 있음에 틀림없다. 그에 따라 K대나 시라타카 집안일에 관해서도 어떤 황당한 이야기를 우스키 선생님에게 믿게 할지 모른다는 걱정에서, 부인이 은밀히 아내인 마쓰코에게 우스키 병원 주소로 여러 차례 유리코의 품행에 관해 자연스럽게 문의 편지를 부쳤다고 하는데 그것은 아마 그녀가 사전에 처리했으리라. 한 번도 회신이 오지 않았다.

시라타카 부인의 걱정은 그래서 더욱더 고조되게 되었다. 이것은 어쩌면 바로 그 거짓말의 명인의 말을 정면으로 굳게 믿는 우스키 집안 사람들이 시라타카 집안을 경멸해서 전혀 상대하지 않기로 정하지는 않을까? 그러나 그렇다고 해서 너무 집요하고 절박한 수단으로 우스키 집안과 교제의 연줄을 바라는 것도 이쪽이 낭패를 당할지도 모르니 어처구니없는 일이다…라는 등의 여러 가지 주저함으로부터 한층 더 형용할 수 없고, 엄청나게 불쾌한 불안에 빠져들어 갔다. 특히 소심하고 신경질적인 시라타카 씨는 유리코의 못된 버릇을 극도로 두려워하는 듯 요즘은 부부가 모이기만 하면 그런 이야기만 나누고 있었는데, 오늘 남편이 우스키 선생님을 만나 뵙고 와서 아무래도 태도가 이상하여 '일단 전화로 여쭤봐. 우스키 선생님은 상당히 안절부절못해서 흥분하고 계신 것 같았는데, 뭔가 또 그 여자가 쓸데없는 일을 저지른 것인지도 모르니 빨리 전화를 걸어두는 편이 좋겠다. 유리코가 전화를 받으러 나올지 안 나올지 모르지만'…하고 남편이 말했다…는 구미코 부인의 이야기인데, 이를 듣고 있던 집사람 마쓰코는 전화를 받고 서 있을 수 없을 정도로 창피를 당하고 말았다고 한다.

그러나 그래도 처 마쓰코는 그와 동시에 참을 수 없을 정도로 불안한 기분에 싸여 버렸기 때문에 더욱 더 용기를 내어 오래 전화 통화를 하면서 이것저것 구미코 부인에게 캐물었더니 아니나 다를까… 오늘까지 히메쿠사 유리코가 말했던 내용은 하나부터 열까지 라고 해도 좋을 정도로 사실무근의 이야기뿐이었다. 시라타카 선생님이 히라쓰카(平塚)에 왕진 갔다는 사실도, 가부키좌(歌舞伎座) 구경 이야기도, 당일 구미코 부인이 미쓰코시(三越) 현관에서 졸도했다는 사건도, 혹은 히메쿠사가 병문안하러 찾아뵈었다는 사실까지도 그녀가 꾸민 놀랄만한 엉터리라는 사실이 판명되었다고 한다.

나는 그 이야기를 듣고 있는 동안 뚝뚝 고압 전기에 걸려 가는 느낌이 들었다. 우스키 병원의 마스코트. 간호부로서의 천재. 병화의 비둘기가 다시 태어난 것이 아닌가 생각될 정도로 순진무구한 히메쿠사 유리코의 모습이 순식간에 뢴트겐(엑스레이)에라도 찍힌 것 같은 잿빛의 추한 해골 모습으로 해소되어 가는 광경을 환시(幻視)[54]했다. 동시에 지금 막 울면서 어둠의 모미지자카를 병원 쪽으로 내려간 유리코의 모습을, 떠오르는 스패니시·원스텝 리듬과 함께 생각해내면서 내 얼굴을 마냥 응시하고 있는 누나와 집사람의 새파랗게 질린 얼굴을 비교하면서 뭐라 할 수 없는 불가사의한 공포의 느낌이 등골 전체에 기어 돌아다녔다.

그때 또다시 새로운 차를 끊여온 처 마쓰코가 전화를 끊으려는 듯한 길고 깊은 한숨을 쉬면서 다음과 같은 기묘한 이야기를 하기 시작했다.

> **마쓰코** "있잖아요. 히메쿠사 라는 아이는 정말 이상한 아이네요. 속고 있는 것을 확실히 알고 있으면서도, 나는 도저히 그 아이를 미워할 수 없을 것 같아요. 시라타카 사모님도 역시 우리와 같이 그 아이를 귀여워하시는 것임에 틀림없다는 것을 지금 겨우 알았어요. 여태껏 언니와 그 이야기만 하고 있던 참이에요."

이 말을 들었을 때 나는 드디어 결심할 마음이 생겼다. 그녀 … 히메쿠사 유리코의 불가사의한, 정체 모를 매력 … 지금은 내 누나와 처까지도 완전히 감싸 버린 가공할만한 마력을 깨달았기 때문에 후유하고 한숨을 쉬었다. … 그와 동시에 그 아름

---
54) 환시(幻視) : 실제로 존재하지 않는 것을 마치 보이는 것처럼 느끼는 환각 현상을 말한다.

다운 안개 같은 것처럼 덮쳐오는 그녀의 마력으로부터 도망쳐 나오는 하나의 수단을 생각해냈기에…그것은 다소 난폭하고 비겁하게 보이는 수단이었지만…누나나 처에게도 일부러 한마디도 말하지 않은 채 일어나서, 다시금 현관으로 나와 모자를 썼다. 묘한 얼굴을 하며 전송하는 두 사람에게 어디에 간다고도 말하지 않고 신을 신었다. 그대로 힘차게 모미지자카(紅葉坂) 길로 뛰어나갔지만 이 얼마나 무서운 일인가? 그때 비탈길 아래 온통 끝도 없이 서로 겹쳐 있는 검은 지붕과 명멸하는 광고 전등과 그 위에 가득 흩어져 있는 푸르스름한 별빛마저 모두 그녀가 마구 내뱉어 더럽힌 거짓의 잔해 그 자체처럼 생각되었다.

나는 몸서리를 한 번 치면서 모미지자카를 달려 내려갔다. 때마침 와 있던 택시를 잡아 가나가와(神奈川) 현청(県庁) 앞의 도토(東都)일보 지국에 내렸다. 중학교 시절의 동창인 그 지국의 주임 우토 산고로(宇東三五郎)를 문을 두드려 깨운 후, 그리 멀지 않은 닭고기 집 2층에 올라갔다. 거기에서 '재미있는 기삿거리가 될지도 모르지만.'이라는 말을 꺼내며 그녀에 관한 지금까지의 사실을 차례대로 숨김없이 설명하고 대관절 어떻게 된 일인지 우토 주임의 의견을 들어보았다.

그가 자랑하는 선장 수염을 계속 비틀면서 듣고 있던 우토 산고로(宇東三五郎)는 이윽고 내 얼굴을 보고 희미하게 엷은 웃음을 지었다. 그 특유의 솔직한 어조로 질문했다.

> 우토 "흠. 그런데 나는 자네로부터 일단 진실한 고백을 들어야겠어."
>
> 우스키 "아무것도 고백할 것은 없어. 지금 이야기 이외에는…"
>
> 우토 "흠. 그러면 그녀와 자네 사이에는 아무런 관계도 없다는 거네?"
>
> 우스키 "… 말도 안 되는 소리 하지 마… 그거 무례하잖아… 내가 그런 사람인 것 같아…"
>
> 우토 "알았어. 알았어. 그것으로 알았다니까."

우토 산고로는 갑자기 마도로스파이프55)를 들어 올리고 소리쳤다.

> 우토 "알았어. 알았어. 아카탄(赤たん) 아카탄(赤たん)이야"
>
> 우스키 "뭐라고? 아카탄(赤たん)…?… 아카탄(赤たん)은 뭐야?…"
>
> 우토 "아카(赤)라고 하는 거야. 아카탄(赤たん). 공산주의자 빨갱이 이외에 그런 식으로 기묘한 활동을 하는 인간은 없지만. 현재 그 근방에서 지하 활동을 하고 있는

---

55) 마도로스파이프 : 일본식 조어. [(네덜란드어) matroos+pipe]. 골통대.

빨갱이가 활동하는 모습과 꼭 같아. 아직도 무서운 협잡의 천재만이 지금의 빨갱이에는 살아남아 있지 않아? 그런 식의 여자를 길러 두는 한, 조만간 엄청난 봉변을 당할 거야. … 너 말이야… ."

우스키 "응. 이제야 알았어. 그 빨간 긴꼬리. 그러나 설마 그 애가 그렇게 엄청난 짓을…."

우토 "안 돼. 안 돼. 그게 안 된다는 거야! 그런 식으로 생각하는 만드는 것이 빨갱이 특유의 수단의 무서운 점이야. 틀림없이 빨갱이일 거야. 아카탄 아카탄. 그게 아니라면 그런 식으로 괴기한 행동을 할 필요가 어디에 있어? 그 히메쿠사라는 계집애는 자네 병원을 중심으로 해서 여기저기 연락을 유지하고 있는 유력한 놈일지도 몰라."

우스키 "음. 그건, 그렇게 생각이 안 드는 것도 아니지만, '그러나의 눈'에는 그런 내색도 안 보여."

우토 "보이면 배겨낼 수가 없어? 자네들 같은 순 풋내기에게 보일 징도의 놈이라면 이미 훨씬 전에 잡혀서 목이 매달려 죽었을 거야."

우스키 "흠. 그럴까?"

우토 "여하튼 그 여자 아이는 우리 손으로 해결할 수 있는 놈이 아니야. 우선 지금 같은 이야기 정도로는 신문 기사거리도 되지 않아. 지금부터 당장 독코(特高)56) 과장 집에 가자고."

우스키 "뭐라고! 독코(特高) 과장?…."

우토 "음. 그러나 일은 모두 우리에게 맡겨 주지 않으면 안 돼. 나쁘게는 조처하지 않을 거야."

우스키 "어디 있는데? 독코(特高) 과장은… 멀어?"

우토 "당신, 몰라?"

우스키 "몰라."

우토 "모르다니, 자네 집 옆집 아니야?"

우스키 "뭐라고! 옆집?…"

우토 "응. 다미야(田宮)라는 집이 그거여. 자네는 주위 물정에 어둡구면…."

우스키 "내가 빨갱이가 아니니. 미처 알아차리지 못했는데…."

우토 "그 무슨 구사(草)라는 계집애는 자네 집보다도 그 이웃 집을 목표로 자네에게 접근한 것인지도 몰라. 그래서 나는 눈치챈 것이지만…."

우스키 "듣고 보니 그러네. 그 다미야라는 남자라면 두세 번

---

56) 독코(特高) : 특별고등경찰(特別高等警察)의 준말. 메이지(明治) 말기에서 제2차 대전 패전까지, 사상범 단속을 담당했던 경찰.

문 앞에서 인사한 적이 있어. 가스를 가설할 때 말이야. 인상이 나쁘고 몸집이 큰 남자지?"

우토 "음. 맞아. 그 사람이야. 알고 있다면 더욱 더 잘됐네. 당장 가자고… 잠깐 기다려. 지국에서 전화를 걸고 가지."

이야기는 점점 빠른 템포로 진행되었다. 이야기의 밑바닥이 눈앞에 가까이 와 있는 것 같지만, 과연 그 밑바닥에서 무엇이 나올 것인가?"

나는 왠지 모르게 가슴이 뛰면서 우토와 함께 택시에 뛰어 올랐다.

다미야 독코(特高) 과장은 이미 푹 잠이 들었다고 했지만 직업상 싫어하는 기색도 내비치지 않고 2층 객실에서 만나 주었다.

노름꾼 두목 같이 피부색이 검고, 뚱뚱해서 관록이 있는 다미야 씨는 도테라(褞袍)[57] 차림으로 책상 앞에 단정하게 앉아 아시히(朝日) 담배를 피우면서 내 이야기를 들어 주었는데, 다 듣자 팔짱을 끼고 옆에 있는 우토 기자를 되돌아보며 중얼거리듯이 말했다.

다미야 "빨갱이가 아니지 않나?"

---

57) 도테라(褞袍) : 솜을 넣은 소매가 벌어져 있는 방한 잠옷을 가리킨다.

그것을 들었을 때 나는 또다시 가슴이 덜컹했다. 나도 모르게 다가가 주뼛주뼛 물었다.

우스키 "빨갱이라면 어떻게 하면 좋을까요?"

다미야 씨는 냉정하게 눈을 번뜩였다.

다미야 "잡아 묶어 놓지요."
우스키 "뭐라고요! … 잡아 묶어 놓는다구요? … 어째서요?"

다미야 "내일 아침 … 아니 … 오늘 아침이네요. 날이 새면 당장 형사를 병원으로 찾아뵙게 할 테니까, 그때까지 그 간호부가 도망치지 않게 해 주세요."
우토 "그 … 그건 아무래도 곤란합니다."

라고 우토 산고로는 눈치 빠르게 당황한 모습을 지었다."

우토 "실은 그 점을 부탁하러 찾아왔기 때문에 우스키 군도 개업하자마자 빨갱이 죄인이 나왔다고 하면 … ."
다미야 "아하하. 정말 지당하신 말씀입니다. 그러면 이렇게 부탁드릴 수 없을까요? 내일 아침 되도록 일찍이 좋겠군요. 뭔가 무조건 틀림없는 용건을 만들어 그 아이를 외출시켜 주시지 않겠습니까? 행선지를 알고 있으면 더욱더 좋은데요."
우스키 "… 알겠습니다. 그러면 이렇게 하겠습니다. 제가 난요(南洋)토산의 커다란 알렉산드리아(擬金剛石, 의금강석)를 한 개 가지고 있습니다. 누나도 처도 알렉산드리아를 싫어해서 처분에 애를 먹고 있는데 그것을 그 아이에게 주고 곧 바로 반지로 바꿔오라고 이세자키초(伊勢崎町)의 마쓰야마(松山) 보석가게에 보내겠습니다. 늦어도 9시에서 10시까지 사이에는 나갈 수 있을 것 같습니다 … 10시경부터 바빠질 테니까."
다미야 "좋습니다. 그러나 요즘 빨갱이는 상당히 민감해서 어지간히 조심하시지 않으면 안 됩니다."
우스키 "괜찮을 것 같습니다. 오늘밤 여기에 찾아온 것은 아무도 모르고 … 게다가 집사람이 훨씬 전에 히메쿠사에게 반지를 하나 사 주겠다고 말한 적이 있다고 하니까요."
다미야 "역시. 그럼 그런 사정이 있다 치고 … "
우스키 "알겠습니다. 정말 밤늦게까지 죄송합니다."

그런 연유로 나는 그날 밤 결국 수면제를 먹지 않으면 잠을 이루지 못하는 참담한 정신 상태에 빠졌는데 나중에 들어보니 누나와 집사람도 마찬가지였다고 한다. 나한테서 자세한 이야기를 들은 두 사람은 날이 새자마자 히메쿠사 유리코의 가련한 어깨 위에 떨어지려고 하는 무서운 운명이 얼마나 어쩔 수 없는 동시에 무서운 것인가를 상상하면서 흥분한 나머지, 제대로 자지도 못한 채 밤을 새웠다고 한다. 마쓰코는 깜빡깜빡 조는가 싶더니, 팔이 꺾여 뒷짐 결박당해 병원에서 끌려나가는 히메쿠사 유리코의 모습을 봤다는 등 소름이 끼쳐 잠을 깼다고 한다. 누나는 필요 이상으로 자세히 교수대에 매달려 있는 그녀의 죽은 얼굴까지 또렷이 바라본 후 몇 번이나 가위눌림에 시달리다가 마쓰코가 흔들어 깨웠다고 하니 상당한 것이었으리라.

그래도 날이 새고 나서의 계획은 100퍼센트 잘 진행되었다. 집사람 마쓰코가 아무렇지 않게 병원에 오자마자, 히메쿠사 간호부를 살짝 약국으로 불러내서 큰 알의 알렉산드리아를 그녀 손에 쥐어 준 태도는 극히 자연스러웠다. 그 대단한 유리코도 전혀 의심하는 모습도 없고, 진심으로 기뻐하는 듯이 굽실굽실하며 나한테까지 뛰어와서 감사의 말을 할 정도였다. 그때 내가 여느 때와 마찬가지로 싱글벙글하며 의젓하게 끄덕인 태도도 자못 명배우 같은 명연기였다고 하는데, 나중에 누나로부터 심하게 놀림을 당했다.

그러나 그녀 … 히메쿠사 유리코가 10시 진료 시작 시간을 신경 쓰면서 아주 서둘러 옷을 갈아입고 부리나케 병원 현관을 나가는 뒷모습을 전송한 누나와 집사람 그리고 나의 태도가 다른 간호부나 환자들이 알아차릴 정도로 긴장하고 있었다. 마치 고귀한 분의 행차라도 전송하는 것처럼 막대기처럼 경직되어 나중에 '무슨 일이십니까?' 라고 모두가 묻는 것은 분명한 실수였다고 볼 수 있다. 하물며 누나와 집사람은 복받쳐 나오는 눈물을 감추려고 당황해서 세면장으로 도망쳐 들어갔다고 하니까, 너무 웃겨서 무슨 일인지 알 수 없다.

히메쿠사 유리코는 그대로 돌아오지 않았다. 누나와 집사람 그리고 나는 그 날 내내 새삼 겁에 질린 창백한 얼굴을 가끔 서로 쳐다보았지만, 그 날 밤 하룻밤 건너 다음 날 아침 8시경에 이웃집 다미야 돗코(特高)과장 집에서 심상소학교(尋常小学校)[58] 1학년생의 어린이가 나를 맞이하러 와 주어서, 아주 황송한 마음으로 옷을 갈아입고 가 보니, 다미야 씨는 그저께 밤과 같은 도테라(褞袍) 차림으로 요코하마항구 안을 조망할 수 있는 2층 객실에서 기다리고 있었다. 내 얼굴을 보자 묘하게 낯을 붉히며 싱긋빙긋 웃는 얼굴로 뜨거운 홍차 등을 권해 주었는데 어제보나도 훨씬 활달한 어조로 내던지듯이 말했다.

다미야 "그 사람은 빨갱이가 아니에요."

우스키 "저런 허⋯."

---

58) 심상소학교(尋常小学校) : 구제도의 소학교(小学校, 초등학교).

라고 나는 다소 허둥대며 눈을 깜빡거리며 자리를 고쳐 앉았다.

다미야 "모처럼 하는 고생이었는데. 취조해 보니 빨갱이 흔적도 없어요. 게다가 고향은 유복하다 했는데, 전화와 전보 둘 다 문의한 바에 의하면 본가는 유복하기는커녕 정말 가난해서 아무것도 가진 것이 없는 상태라고 합니다. 잘은 모르지만 바로 오빠에 해당하는 27, 8세가 되는 외아들이 가산을 탕진할 정도로 도박과 주색에 빠진 끝에 도쿄에서 새로 사업을 시작하겠다며 뛰어나간 채, 행방을 묘연하다고 합니다. 나이든 부모는 아무도 돌봐주는 사람이 없어 식사도 하는 둥 마는 둥 어정버정하고 있다고 합니다. 물론 그 여자… 뭐라고 했지요? 맞아, 맞아. 유리코한테서도 한 푼의 돈도 오지 않는다고 하며, 말씀하신 나라즈케(奈良漬) 건이나 모든 것이 그녀의 거짓말인 듯합니다. 히메쿠다 유리코라는 이름도 본명이 아니고, 부모의 성은 호리(堀)라고 합니다. 게이오(慶応) 병원에 들어갈 때 자기 친구 여동생의 호적등본을 사용해서, 나이를 속여 들어갔다고 합니다. 진짜 이름은 유미코라고 하는데, 그 호리 유미코(堀ユミ子)가 19세 때에 오빠 뒤를 좇아 고향을 뛰쳐나온지 벌써 6년이 되었

다고 하니 올해 19이라는 히메쿠사의 나이도 엉터리이겠지요. 스스로는 스물 셋이라 우기고 있었지만. 물론 여학교 같은 데 나오지도 않았다는 보고로 보아 어디까지 꾸민 내용인지 도통 정체를 알 수 없는 여자이네요, 그 여자…."

우스키 "에헤. 전혀 빨갱이는 아니군요."

다미야 "빨갱이 관련사항은 전혀 없습니다. 우리 딴에는 매우 엄하게 조사했지만."

우스키 "그러면 그 여자는 결국 뭡니까?"

다미야 "그게 말이지요. 어험. 그게 말입니다. 즉 그 여자는 일개의 가엾은 여자에 지나지 않습니다. 여러분들이 친절하게 대해 주신 것에 대해 충심으로 감격하고 있으니까요. 평생을 우스키 병원에서 지내고 싶다고 말하니까요. 우스키 집안사람들에게 의심받을 것 같으면 혀를 깨물고 죽어버리겠다고 엉엉 울면서 말하더라구요."

우스키 "허. 정말입니까?"

다미야 "정말이고말고요. 하하하. 오늘 아침 10시경까지 데리러 와 주세요. 다만 '빨갱이 혐의로 연행했는데 그 혐의가 풀려서 석방하는 거다. 안 됐다' … 라고만 얘기하고 다른 것은 아무 말 안 하고 넘겨 드릴 테니까 … 우스키 선생님께서도 너를 많이 신뢰하고 계시니까, 너무 거짓말을 하지 말라는 … 정도는 말로 타일러 주는 것도 상관없습니다. 여하튼 가엾은 여자이니 오래오래 곁에 두도록 해 주세요."

우스키 "허. 이상하네요. 그럼 그 여자는 무슨 소용이 있다고 그런 소란을 피우는 엉터리 이야기를 꾸며내서 우리에게 창피를 당하게 했을까요? 아무런 근거도 없는 것을 …"

다미야 "네. 그것은 말입니다. 그 점도 빠짐없이 취조해 보았는데요. 요컨대 그 아이의 하찮은 버릇인 것 같습니다. 시골뜨기 하녀가 자기 고향 자랑을 하는 정도의 것 같으니 특별히 범죄를 구성할 정도의 문제는 아닙니다. 더 이상은 아무래도 개인 비밀과 관련이 있어 취조하기 어렵지만. 하하하. 여하튼 보석 하나를 손해 입혀서 미안합니다. 아무쪼록 오래오래 귀여워하며 곁에 두도록 하세요. 가엾은 여자 아이니까요 … 저는 이제부터 출근하니 실례하겠습니다."

둔감한 나는 이런 다미야 씨의 태도로부터 아무것도 읽어낼 수 없었다. 아무런 생각도 들지 않는 바보 같은 꼴로 내쫓기면서 물러났다. 그대로 이 일을 누나와 집사람에게 이야기해서 들려주었더니 두 사람도 다시 기분이 좋아져서 개가를 부르며 기뻐했다.

마쓰코 "그거 봐요. 그러니 내가 뭐랬어요."

우스키 "내가 말했잖아 말하지 말라고, 바보 아니야? … 아무 말도 안 했잖아? 처음부터 …. "

마쓰코 "아니오. 난 그렇게 생각했어요. 히메쿠사 씨만은 빨갱이가 아니라고 생각하는데, 당신이 쓸데없는 일을 하니까 말이에요 …. "

우스키 "뭐가 쓸데없는 일이야? 적어도 히메쿠사가 거짓말쟁이라는 것을 확실히 알았잖아 …."

마쓰코 "하지만 정말 잘 됐어. 아무것도 아니어서 … 지금 막 올케언니와 이야기하고 있었어요. 히메쿠사 씨가 만일 무사히 돌아오면 내보낼까 내보내지 말까. 여러 가지 이야기해 본 끝에, 아무리 뭐라 해도 가엾으니까 당신에게 부탁해서 여기에 그냥 있게 해 달라고 말이지요. … 그렇게 말한 참이에요. … 정말. 잘 됐어. 우리들 마스코트 … 우리 둘이서 곧장 데리러 갔다 올 게요. 저기요! … 괜찮지요?"

두 사람은 그러고 나서 전세 자동차를 타고 나갔다. 내게 밥을 차려 주는 것도 잊은 채로 ….

유리코는 구치소 앞 복도에서 누나의 가슴에 매달렸다고 한다. 대여섯 살 아이처럼,

히메쿠사 "이제 안 그럴게요. 안 그럴게요. 안 그럴게요."

라고 울부짖으며 몸부림치는 바람에 두 사람이서 애를 먹었다고 하는데, 그 정도로 취조가 엄하고 매서웠다고 생각하니 누나도 집사람도 남몰래 눈물을 흘렸다고 한다.

그리고 셋이 함께 차로 돌아왔는데 유리코의 목덜미로부터는 어제 아침의 화장이 흔적도 없이 지워져서 누나와 집사람이 목욕을 시켜주고 속옷을 갈아입게 해서 마치 죽은 사람이 다시 살아난 것 같은 소동을 벌인 후에, 간신히 나와 함께 아침 식사를 먹게 했는데 유리코는 그냥, 미안합니다. 미안합니다."라 반복하며 울 뿐, 밥도 제대로 목에 넘어가지 않는 것 같았다.

그런데 그녀 … 히메쿠사 유리코 … 또는 호리 유미코(堀ユミ子)의 성격은 어디까지 기묘하고 불가사의하게 만들어져 있는 것일까?

일부러 출근을 늦춘 나는 현관 옆에 있는 객실에 그녀를 앉히고 여러 가지 취조 받은 상황을 들어보니 … 뭐랄까? 그 취조 내

용이라는 것이 실로 의외로 깜짝 놀랍게도 도무지 말도 안 되는 것이었다.

완전히 가면이 벗겨지고 옛 모습을 찾아볼 수 없을 정도로 맥이 없어진 그녀가 눈물을 흘리면서 하는 이야기에 의하면, 이세사키(伊勢崎) 경찰서의 경찰들이 취한 그녀에 대한 심문 태도는 매우 엄격했다. 듣고 있는 누나와 마쓰코가 그 자리에 더 이상 앉아 있을 수 없을 정도로 달콤하고 언어도단적인 상태를 그녀는 계속 흐느껴 울면서 분한 듯이 설명하기 시작했다. 커다란 쇠 난로가 활활 피어오르는 서장실에서 평복의 다미야 독코 과장과 마주 보며 이야기했을 때의 실내 광경에서, 골백번이나 숯불이 튄 데에서, 다미야 과장의 손목시계 소리까지도 생생하게 이야기했다.

그러나 나는 이때 전혀 놀라지 않았다. 나는 그런 이야기를 태연하게 끌어가면서 차츰 흥분해서 막힘이 없이 당당하게 말하는 그녀의 표정을 가만히 응시하고 있자니, 그녀의 눈초리 속에 뭔가 이상한 아름다운 빛이 점차 빛나며 나타나기 시작하는 것을 빌긴했다. 그것은 정신이상자가 흥분할 때 자주 보는 순진 이상으로 고조된 순진함, 요염한 아름다움이라고도, 기막히게 요염함이라고도 형용할 수 없는, 색정감이 가득 찬 매혹적인 정욕의 빛이었다. 그런 그녀의 눈빛을 지켜보고 있는 사이에 둔감한 내게도 모든 안팎의 사정이 점차 날이 밝아가듯 수긍되기 시작했다. 그녀의 불가사의한 뇌수(腦髓)의 작용에 의해 묘사된 오늘날까지의 더없이 복잡하고 혼돈스러운 사건의 밑바닥에서 실로 평범하고 간단명료한 진실이 빤히 들여다보이기 시작했다.

성급한 나는 그녀가 한창 이야기하는 도중에, 화장실에 가는 체하며 슬그머니 거실에 왔다. 그리고 새빨개져서 쓴웃음을 짓고 있는 마쓰코에게 귀엣말을 하고 병원에 그녀와 함께 생활하고 있는 간호부를 아주 급하게 불러 모아 유리코에 관한 어떤 비밀을 캐물어 보았다.

불려온 사람은 이제 막 시골에서 상경한 야마우치(山內)라는 간호부였다. 한없이 정직하고 충실하고 항상 주뼛주뼛 두리번거리는 종류의 여자였지만 그녀는 우리 세 사람 앞에서 새빨간 양손을 무릎 위에 단정히 포개고는 마치 유도선수 같이 응시하며 대답했다. 히메쿠사에게 원한이라도 있는 것처럼···.

> **야마우치** "예. 히메쿠사 씨의 월경은 정확합니다. 매달 대개 초순 4일이나 5일경입니다. 저는 늘 빨래를 해야만 해서 잘 알고 있습니다."

이것을 들은 나는 두말없이 일어나서 양복으로 갈아입었다.

다른 일들은 죄다 내버려둔 채 차를 몰아, 현(県)의 독코(特高)과(課)에 들어가서 막 출근한 다미야 과장을 만났다. 예절이나 인사도 생략하고 떠들어댔다.

    우스키 "다미야 과장님. 이제 겨우 알았습니다. 폐를 끼친 바로 그 히메쿠사 유리코라는 여자는 난소성(卵巢性)인지 월경성(月経性) 어느 쪽인지 모르지만, 여하튼 생리적 우울증에서 오는 일종의 발작적 정신이상자입니다. 그 여자가 일신상의 불안을 느끼거나 엉뚱한 허영심을 일으키거나 사실무근의 이야기를 지껄이며 다닙니다만, 항상 월경 전의 2, 3일 사이에 한해 생기는 이유도 겨우 알았습니다. 제 일기를 뒤집어 보면 일목요연(一目瞭然)합니다."

    다미야 "허! 그렇습니까? 실은 저도 경험상 그런 것이 아닌가 하고 의심해 보기도 했지만, 전혀 요령부득(要領不得)이어서 … 그러나 어떻게 그런 것을 조사하셨습니까?"

    우스키 "… 그런데 이것은 서로 명예에 관한 일이라서 솔직하게 말씀해 주시지 않으면 곤란합니다만, 어젯밤 취조하실 때 그 여자는 뭔가 저에 관해 이야기하지 않았습니까?"

세상을 살아 나가는 지혜가 뛰어난 다미야 과장도, 이 질문을 들었을 때는 얼굴이 새빨개지고 말았다.

> **다미야** "허! 이해가 되셨나요? … 선생님한테 돌아가서 자백했습니까?"
>
> **우스키** "아뇨. 그런 것은 추호도 말하지 않았지만 그 대신 과장님께서 친절하게 취조하신 상황을 말했습니다. 실로 정성을 들이고 박진감 있는 설명을 덧붙여서 … 따라서 이것은 이상하다고 생각하니, 곧바로 오늘 아침의 하신 말씀이 생각났어요. 도저히 가만히 있을 수 없어서 이렇게 뛰어왔습니다. 못된 인간입니다. 그 여자는…. "

더욱 더 얼굴이 빨개진 다미야 과장은 제복을 입은 채로 그 자리에 우뚝 서 있었다.

> **다미야** "아뇨. 정말 솔직하게 말씀해 주셔서 고맙습니다. 그럼 저도 참고하시라고 말씀드리겠습니다. 선생님께서는 10월 … 몇 일경이더라. 오후에 하코네(箱根) 아시노코·호텔에 외국인을 진찰하러 가셨나요?"
>
> **우스키** "네. 갔습니다. 석유회사의 지배인을 … 라루산이라는 노인입니다."

다미야 "그때 그 여자를 데리고 가셨습니까?"

우스키 "데리고 갈 리가 있겠습니까? 혼자서 갔습니다."

다미야 "역시 그렇군요. 그런데 유리코는 선생님께서 안 계실 때 병원에 있었습니까?"

우스키 "글쎄요? 있었겠지요. 데리고 가지 않았으니까…."

다미야 "그런데 유리코는 그 날 오후에는 병원에 없었다고 합니다. 어젯밤 선생님 병원의 간호부에게 전화로 문의해 보았는데 잘은 모르지만 선생님께서 나가시자마자 요코하마 역에서 공중전화가 걸려 와서 곧 바로 치장을 했다고 하네요. 선생님께서 요코하마 역으로 오라고 하셨다구요…."

우스키 "허, 놀랐습니다. 그 여자는 다소 전화 마니아(mania)인 경향이 있는 것 같았어요. 자주 전화를 응용하여 거짓말을 합니다. 그런 전화가 실제로 걸려온 것처럼 응답하는 것 같더라구요."

다미야 "여하튼 그런 이유로 유리코는 아주 급히 화장을 하고 정성껏 차려입고는 병원을 나갔다고 합니다."

우스키 "피식. 말도 안 돼… 누가 화려하게 차려 입은 간호부를 데리고 진찰하러 갈 수 있겠습니까?"

다미야 "그렇겠지요. 저도 그 이야기를 들었을 때 약간 이상하다고 생각했습니다. 간호부를 데리고 갈 필요가 있을지 없을지는 병원을 나가실 때부터 알고 있었을 테니까요."

우스키 "일단 간호부를 그렇게 의심스럽게 밖으로 데리고 나가는 방식은 취하지 않아요. 하하하."

다미야 "하하하. 그러나 그때의 말씀을 무척 상세히 들었습니다. 환상의 계곡이라든가 뭐라는 멋진 목욕탕이 그 호텔 안에 있다고 합니다만. 간 적은 없지만…."

우스키 "저는 들은 적도 없습니다. 그 호텔에서 라루산이라는 게토(毛唐, 코쟁이)[59]와 함께 식사는 했지만. 아직 있을 테니까 물어 보시면 알 수 있는데, 상당한 신경 쇠약으로 중이염이 생겨서 고막 절개를 해 두었는데….

다미야 "그렇습니까? … 그 환상의 뭐라는 목욕탕 이야기 같은 것은 무척 멋졌어요. 검푸른 바위 사이에 떠 있는 두 사람의 모습이 천장 거울에 비춰서 마치 분홍색 금붕어처럼 보였다고 했어요. … 하하하하 … "

우스키 "어처구니가 없군. 언제 갔을까?"

---

[59] 게토(毛唐, 코쟁이) : 털이 많이 난 사람이란 뜻으로 서양인을 멸시해야 부르는 말.

다미야 "혼자서 갔을 리는 없는데요."

우스키 "물론이고말고요. … 정말 어이없는 녀석이군."

다미야 "정말 괘씸하기 짝이 없네요."

우스키 "괘씸합니다. … 실은 오늘 아침 과장님으로부터 오래오래 귀여워하며 곁에 두라는 훈계 말씀을 들었지만 그런 식으로 남의 명예에 관계되는 것을 함부로 내뱉어 버리면 용서할 수 없습니다. 이제부터 당장 밖으로 내쫓아 버릴 테니까, 그것을 양해해 주시기를 부탁드리러 찾아왔습니다."

다미야 "아니에요. 부끄럽기 짝이 없습니다. 삼가 사과의 말씀을 올립니다. 아무쪼록 당장 내쫓아 버리세요. 정말 괘씸하기 그지없는 이야기입니다."

우스키 "괘씸한 정도가 아닙니다. 제 부주의 때문에 당치도 않은 폐를 끼쳐서 죄송합니다."

다미야 "그런 당치도 않은 인간이 있기는 있군요. 그런 일은 처음입니다."

우스키 "그렇습니까? 과장님께서 계신 곳에서도 … 그런 일은 드뭅니까?"

다미야 "소위 귀부인이라든가 뭐라든가 하는 사람들 중에는 그런 사람이 쌔고 쌔겠지만, 범죄를 저지르지는 않으니까 우리 손에 걸리지 않는 것이겠지요."
우스키 "그렇지 않으면 훨씬 더 거짓말을 잘 한다든가…."
다미야 "그런 것도 있겠지요. 즉 일종의 망상광(妄想狂)[60]이라고도 하는 것이겠지요. '자기 본가가 엄청난 부호이고 자기가 천재적인 간호부이고 절세의 미인이어서 어떤 남자도 자기 매력에 홀딱 빠지지 않는 사람은 없다, 여러 가지 지위가 있고 명성이 있는 사람들로부터 금방 어떻게 되고 만다.'…는 것을 사실인 것처럼 망상해서 그 망상을 남에게 믿게 하는 것이 가장 큰 즐거움으로 삼고 있는 종류의 여자이겠지요. 그저께 밤의 이야기에 나온, 아이를 낳았다고 하는 것도 그녀 자신의 입에서 나온 것이라고 하면 사실이 아닐지도 모릅니다. 어쩌면 그녀는 아직 처녀인지도 모릅니다. … 하하…"
다미야 "아하하. 이거 참 호되게 당했군요. 아무쪼록 잘 부탁합니다."
우스키 "안녕히 계세요…."

그렇게 말하며 헤어져서 돌아오는 길에 나는 그녀의 신원보증인으로 되어 있는 시타야(下谷)의 이모에게 전보를 쳤다. 참

---

[60] 망상광(妄想狂) : 망상에 잘 빠져드는 정신병이나 또는 그런 사람. 망상증.

으로 어처구니없는 장황한 꿈에서 깬 것 같다는 생각으로 … 하지만 그녀의 이모라는 인물이 정말 있는지 의심하면서 ….

그녀의 이모라고 하는, 머리를 매는 일을 하는 부인은 빨리도 그 날 저녁때 태연하게 우리 집으로 찾아왔다. 벌겋게 살찐 40대 여성으로 보기에 건강하고, 구시마키(櫛卷)⁶¹⁾ 머리에 말쑥한 무명 기모노를 입고 인사를 했는데 그 목소리가 힘이 넘쳐 근처 주변에 울려 퍼졌다.

이모 "참으로 … 처치 곤란한 애군요. 정말 … 아니에요. 저는 그 애의 이모도 아무것도 아니에요. 이래봬도 에도(江戸) 한 가운데에서 태어났으니까요. 헤헤헤 … 제가 요전에 그 대학 이비과에 입원해서 뇌막염 수술을 받았을 때, 그 아이가 육친보다도 더 알뜰하게 챙겨줘서요. 그것이 인연이 되어서 그 아이가 우리 집에 그만 기어 들어오고 말았어요. 이모, 이모 하며 잘 따라서 말이지요. 어쩔 수 없이 신원보증인이 된 것입니다만. 아니. 그게 말이지요. 그 아이가 계속해서 우리 집에 있다며 근처에 사는 젊은 사람들이 시끄럽게 귀찮게 해서 애를 먹고 있어요. 그 아이는 정말 뭐라 해야

---

61) 구시마키(櫛卷) : 머리를 끈으로 묶지 않고 빗에 감아 머리 위로 틀어 올리는 방식의 머리.

할까요? 묘한 구석이 있는 아이여서요. 우리 집에 오고 나서 2, 3일도 채 지나기 전에 근처 젊은이들이 왁자지껄 떠들어 대니까 말이죠. 마치 마법사 같아요. 그래서 빨리 어딘가에 가 주렴. 보증인이든 뭐든 되어 줄 테니까. 그렇게 말하고 쫓아냈습니다 …."

그런 것을 나불나불 수다 떠는 짬짬이, 그녀는 버선 먼지를 털면서 부엌문을 통해 재빨리 다실로 들어왔다. 그리고 그녀는 구식의 작은 담배쌈지를 꺼내고, 가는 은제 담뱃대를 들면서 한층 목소리를 낮추고 놀란 듯 눈을 똥그랗게 떴다. 내가 권한 담배합(盒)에 가볍게 인사하면서 … 대단한 신원보증인이 등장한 것에 놀란 우리 세 사람의 얼굴을 번갈아 가며 보았다.

이모 "그 젊은이들 덕분에 생각났는데요. 그 아이는, 잘은 모르지만 요전부터 도쿄 전체 신문에 대문짝만하게 나온 『수수께끼 여자』라고 있잖아요? 아시지요? 그 당사자인 것 같아요. 이 정도의 장난이라면 저도 할 수 있어요. … 라면서요. 젊은이들이 치켜세우자 그 아이가 무심코 지껄였다고 하더라구요. 그리고 다들 재미 삼아 와글거리며 이것저것 캐 물어보았는데, 아무래도 당사자인 것 같아서 모두 어쩐지 기분이 나빠졌다고 해요. 그 아이가 나간 다음, 내게 일러바친 사람이 있어요. … 그래서 그런 말을 들으니 저도 기분이 나빠지더라구요. 그 아이가 일을 찾으러 나간 사이에 맡기고 간 소지품 안을 조사해 보았더니 아니 이게 무슨 일인가요? 새 작은 종이끼우개 안에 바로 그 『수수께끼 여자』의 신문기사를 여러 방식으로 잘라내서 몇 개나 들어 있는 거예요? … 아니오. 다른 기사는 하나도 없어요. 전 소름이 끼쳤어요. 조만간 그녀가 저지른 일에 대해 책임을 지게 되는 것은 아닌가 해서 흠칫흠칫했어요. 하지만 그 정도 일로 끝나서 다행이었어요. 네. 네. 데리고 가고말고요 … 네, 네, 되도록 눈에 띄지 않도록 불러내서 살짝 데리고 가겠습니다. 더 이상 저런 떠돌이를 떠맡아 일자리를 알선하는 일은 하지 않겠습니다. 우물쭈물하다가는 파산하고 말겁니다. … 오빠 같은 사람이 있을 리가 없어요. 전부 거짓부렁이에요. … 댁도 뜻밖에 재앙을 입으셨군요. 얼마간 돈을 줘서 고향으로 돌려보내면 뒷맛이 개운치 않은 일도 없을 것이고, 원한을 살 걱정도 없을 것입니다. 혼자서만 지껄여서 죄송합니다. 당치도 않은 폐를 끼쳐 죄송합니다. 네. 안녕히 계세요 …."

 그녀는 약속대로 남몰래 유리코를 불러내서 데리고 간 것 같다. 히메쿠사 유리코는 그 날 저녁때부터 우리는 물론 같이 있는 간호부들도 눈치 채지 못하게 자취를 감추고 말았다. 그리고 모두에 쓴 그녀 유서 이외에 그녀로부터 아무런 소식도 없었고, 병원도 전과 마찬가지로 계속 번창하고 있다.

 그래도 그녀의 이름을 기대하고 병원에 찾아오는 환자는 아직도 좀처럼 끊이지 않고 있다. 우리 병원은 그녀 때문에 존재하고 있었던 것이 아닌가 하고 의심될 정도이다.

 한편 그 후 경찰관과 형사들이 놀러왔을 때 들은 이야기에 의하면, 그녀는 맞은편 메밀국수집에 있는 무성 영화의 변사(辯士) 출신의 요리 배달부를 써서 전화를 걸게 했던 것 같고, 시라타카 조교수로 변장하여 도쿄에서 전화를 건 것도 그 변사 출신의 사람이었다고 한다. 문구는 그녀가 전부 편지지에 써서 변사 출신을 병원 지하실로 불러들여 여러 번 연습을 시킨 것이라고 하고, 또한 시라타카 조교수의 편지도 그녀가 문안을 작성해서 현청(縣廳) 앞에 있는 대서소 사람에게 쓰게 해서 우체통에 넣은 것이라는 것이 그녀 자백에 의해 판명되었다고 한다. 그러나 그런 이야기를 들으면 들을수록 그녀의 거짓말 창작 능력과 그 무대감독과 같은 능력이 범상치 않았다. 거짓말 구성에 관한 모든 전문적 … 또는 병적인 지식과 취미를 그녀를 지니고 있었다. 어떤 악당 또는 어떤 예술가도 못 미치는 천재적이며 자유자재하고 가련한, 동시에 쓰러져도 그만두지 않는 기세로 냉엄하고 혹독한 현실과 마지막까지 싸워왔던 것인가? K대 병원, 경시청(警視廳)62), 가나가와(神奈川) 현(県) 경찰부(警察部), 우스키 병원을 마음대로 조종해 왔던 것인가? 계속해서 소동을 피우면서도 소리도 냄새도 없이 스르르 사라져 없어진 솜씨가 얼마나 초인적인 것인가를 상상하지 않을 수 없어 나는 더욱더 경악하고 긴 탄식을 하지 않을 수 없었다.

그리고 또 하나 중요한 것은 그 후 여러 가지 병원 내부를 조사하는 동안, 소형 주사기와 모르핀 병이 한 개 분실된 것을 발견한 것이다. 게다가 그녀 … 히메쿠사 유리코가 그것을 훔치는 현장을 앞에서 말한 야마우치라는 도회지로 갓 나온 간호부가 본 것은, 훨씬 전인 9월 초엽의 일이었다고 하는데 그때 히메쿠사가 뒤돌아보며,

히메쿠사 "지껄이면 가만두지 않을 거야."
야마우치 "째려본 얼굴이 그야 말로 온몸이 파란 도깨비처럼 무서워서 지금까지 말 안 하고 있었습니다. … 히메쿠

---

62) 경시청(警視廳) : 도쿄(東京)도(都)를 관할 구역으로, 관내 경찰 행정을 관장하는 관청.

사 씨 같이 어딘지 모르게 기분 나쁘고 무서운 사람은 없었습니다. 항상 '재미없어, 재미없어, 죽고 싶어 죽고 싶어, 라고 하고 계셔 나는 정말 무서워서 히메쿠사 씨가 밤중에 화장실에 가실 때 뒤에서 슬쩍 따라간 적도 있었습니다. … 그러면서 히메쿠사 씨는 제멋대로 굴며 몹시 난폭하여 더러워진 것이랑 의복은 죄다 제게 빨래하게 하시고, 맞은편 메밀국수집의 젊은 사람을 부르실 때도 저를 심부름꾼으로 보내십니다. 그리고 '내(히메쿠사) 비밀을 조금이라도 우스키 선생님이 알면, 나는 너(야마우치)를 죽이고 자살할 수밖에 없으니까 그렇게 알고 있어. 이 병원을 한 음만 밖으로 나가면 그때 나는 파멸이니까.'라고 히메쿠사 씨는 계속 반복해서 말했습니다. 그래서 저는 뭐가 뭔지 모른 체 히메쿠사 씨가 하라는 대로 하게 되었습니다 ….''

라고 야마우치 간호부가 눈을 아주 똥그랗게 뜨며 자백한 것이었다.

나는 바로 그 히메쿠사가 거짓말 하나하나에 모든 생명을 걸었던 것을 이때 비로소 알았다. 그녀의 거짓말이 드러나자 곧바로 이 세상을 비관하고 자살이라도 해야 할 정도로 추궁 받아

심리적 궁지에 빠지는 나날을 보내며 밤을 지새우곤 했을 것이다. 게다가 그런 모험적인 긴장감 속에 그녀는 이루 표현할 수 없는 신비로운 삶의 보람을 느끼면서 살아왔을 것이다.

그녀는 살인이나 만비키(万引, 물건을 사는 체하고 훔치는 것), 절도의 따위에는 흥미를 갖지 않았다. 그저 거짓말을 하는 것에만 무한의 … 목숨 건 흥미를 느끼는 천재 처자였다.

그녀는 정조의 타락에도 약간의 흥미를 가지고 있었던 것 같다. 그러나 그것도 구체적인 타락이 아닌 거짓 타락이지는 않았을까? 현실적인 부도덕보다도 상상 속의 불륜, 음탕 쪽이 훨씬 그녀가 흥분하고, 만족할 만한 가치가 있던 것은 아니었을까? 그녀는 육체적으로는 우리들 제삼자가 상상하는 것보다도 훨씬 청정한 생애를 보낸 것은 아니었는지 상상할 수 있는 이유가 있다.

그녀만큼 거짓말쟁이의 명인이 K대 이후 한 번도 변성명(變姓名)63)을 쓰지 않은 심리도 이렇게까지 생각해 보니 상상이 된다. 그것은 히메쿠사 유리코라는 명칭이 그녀의 깨끗하고 가련한 모습의 느낌에 딱 맞아떨어진다는 것을 그녀가 자각하고 있었을 뿐만 아니라 그녀의 생각이 청정무구하다는 것을 자랑하고 싶은 그녀 마음속의 무엇인가가 이런 이름에 이루 표현할 수 없는 집착을 느끼고 있었기 때문이 아닐까?

---

63) 변성명(變姓名) : 성과 이름을 다른 것으로 고치는 것.

시라타카 히데마로(白鷹秀麿)형(兄)[64] 귀하
히메쿠사 유리코에 관한 저의 보고는 이상으로 마칩니다.

우토 산고로(宇東三五郎)는 여전히 그녀를 '매우 교묘한 지하 운동가 중의 한 사람이다. 그녀는 표면상으로는 단순한 거짓말쟁이 여자를 가장하면서도 만족할 만한 일을 수행하고 그 가공할 지하 운동의 일단조차도 알아차리지 못하게 하면서 개가를 올리고 떠난 희대의 천재 소녀이다. 그 이모라는 중년 부인도 그녀와 함께 일하는 유력한 지하 운동가의 한 사람으로 그녀 일에 일단락을 짓도록 한통속이 되어 그녀를 구해내기 위해 온 것인지도 모른다.'라고 여전히 의심하고 있는 것 같습니다.

그리고 다미야(田宮) 독코(特高) 과장은 그녀를 '약간 특별한 재능을 구비한 색마임에 틀림없다. 우스키 병원 부근의 젊은이 중에서 그녀의 이름을 모르는 사람은 한 사람도 없다는 사실이 연이어 판명되는 것을 보고 알 수 있다. 따라서 선생님도 저도 그녀의 괴이한 수완에 농락당하면서도 그녀에게 동정하는 가장 어리석은 희생자이다' … 라는 생각을 가끔 놀러 오는 형사들의 말씨를 통해 헤아릴 수 있는데, 그러나 이것은 너무 지나친 상상이 아닐까 생각합니다. 바꿔 말하면 그녀에게 과도하게 경의를 표한 관찰이라고나 할까요?

시라타카 선생님과 마찬가지로 … 라고 말하면 실례일지도 모릅니다만, 소생이 그런 사실을 믿을 수 있는 이유를 발견할 수 없는 이유를,

---

[64] 형(兄) : 친한 선배·친구 성명 등에 붙여 경의를 나타내는 접미사인데, '군(君, くん)'보다 정중한 말씨로 남자 사이의 편지 등에서 사용된다.

시라타카 선생님께서는 이미 충분히 수긍하고 계시리라 사료됩니다. 저는 제 누나와 처와 함께 고백합니다. 저희는 그녀를 손톱의 때만큼도 미워하지 않습니다.

아무것도 보답 받지 못하는 이 세상에 … 하나님도 부처도 없는, 피도 눈물도 없는, 오아시스도 신기루도 찾을 수 없는 사막 같은 … 바삭바삭 말라버린 이 거대한 공간에 자기 공상이 낳은 거짓 사실을 유일무이(唯一無二)[65]한 천국이라고 믿고, 목숨을 걸고 부여잡고 온 그녀의 심경을 저희는 몇 번이고 몇 번이고 가엾이 여기리라 다짐했습니다. 그 몹시 소중한 그녀의 천국 … 어린 아이가 꼭 껴안은 장난감처럼 귀중하고 더할 나위 없는 그녀의 창작의 천국이 흔적도 없이 파괴되고 내동댕이쳐져서 결국 자살하고 말았다는 비참한 그녀의 기분을 누나도 처도 눈물을 흘리며 슬퍼하고 있습니다. 옆집의 다미야 독코(特高) 과장님도 저희 이야기를 듣고 그런 식으로 생각하면 이 세상에 죄인은 없다 … 며 웃고 있었지만 사실, 그 말이 정답이라 생각합니다.

그녀는 죄인이 아닙니다. 하나의 멋진 창작가에 지나지 않습니다. 단지 저와 동일한 성격을 지닌 시라타카 선생님 … 당신이 아닌 당신을 무심코 창작했기에 … 게다가 그것이 박진감 넘치는 걸작이었기에, 그녀는 당장 자살해야 할 정도의 공포 관념에 시달리면서 그 협박 관념으로부터 구원받고 싶은 나머지 계속해서 거짓의 세계를 확대하고 복잡하게 만들어 가고 그 속에 자연히 그녀 자신의 파국을 구성해 나갔던 것입니다.

---

[65] 유일무이(唯一無二) : 오직 하나뿐이고 둘도 없는 것.

그런데 저희는 저희 자신의 체면 때문에 진지하게 여럿이서 그녀를 그런 파국의 구렁텅이로 몰아넣고 말았습니다. 그리고 꾹꾹 막다른 곳으로 몰아넣은 채 환멸의 세계로 내동댕이치고 말았습니다.

따라서 그녀는 실로 '아무것도 아닌 것'에 괴로워하며 '아무것도 아닌 것'으로 죽어간 것입니다.

그녀를 살린 것은 공상입니다. 그녀를 죽인 것도 공상입니다. 단지 그뿐입니다.

이상을 보고 말씀드리며 부디 안심하시라고 부탁드리기 위해 이 편지를 썼습니다.

A·C 코용 분무기(鼻用噴霧器)로 졸음을 쫓으면서 간신히 여기까지 썼습니다만, 벌써 날이 새기 시작하고 지력(智力)도 떨어지고 겉잠이 쏟아져서 붓을 놓겠습니다.

그녀가 죽은 뒤까지도 저희를 끌어들여 가려는 거짓의 유전(流轉)도, 그리고 시라타카 선생님에 대한 제 중대한 책임도 이 간단한 글과 함께 완전히 … 아무렇지도 않게 … 흔적도 없이 종언을 고하게 됩니다.

안녕히 계십시오.

그녀를 위해 기도해 주십시오.

Ⅱ. 살인 릴레이 殺人リレー

첫 번째 편지

야마시타 치에코(山下智恵子)님께
미나토·버스에서 도모나리 도미코(友成ともなりトミ子) 드림

편지 잘 받았어요.
여자 차장이 되고 싶다는 귀하의 기분, 잘 알았습니다.
'농촌 생활은 재미없다.
파란 하늘과 구름을 보며 한숨만 쉬면 안 된다. 도쿄로 가는 빨간색, 청색, 흰색 줄이 매달린 기차를 바라보며 멍하니 있어서는 더욱더 안 된다. 땀도 눈물도 고개를 숙이고 땅속에 떨어뜨리고 가지 않으면 농민들의 배반자처럼 부모나 형제들이 째려본다. 땅에서 태어나서 흙투성이의 누더기를 입고 시꺼멓게 추한 흙덩이 같은 할머니가 되어 흙 속에 돌아갈 뿐이다….'
정말이네요. 저도 동정합니다.
하지만 여자 차장 같은 게 되면 안 돼요. 다른 일은 난 모르

지만, 여자 차장만은 정말 안 돼요. 농민보다도 더욱더 재미없고, 그리고 한층 더 무섭고 하기 싫은 일이에요.

여자 차장의 운명 같은 것은 길거리에 흩어져 있는 종잇조각보다도 훨씬 싸구려 같은 거예요. 여자 차장이 되고 보면 금방 알 수 있어요.

간단히 말해, 농민의 딸이면 사위는 순진한 시골 청년 중에서 부모님께서 뽑아 주시겠지요? 잘 되면 좋아하는 사람과도 결혼할 수 있겠지요.

하지만 여자 차장이 되면, 그런 행복을 처음부터 포기해야 합니다. 회사 중역이라든가 임원이라든가 차 담당 순사가 하는 말은 아무리 싫은 것도 얌전하게 들어 주지 않으면 금방 해고됩니다. 이러니저러니 트집을 잡아 쫓겨나고 맙니다. 나처럼 친척이나 의지할 데가 없는 고아는 더욱더 그렇습니다. 그러니 현명한 사람은 되도록 분을 바르지 않도록 하고 월급이 오르지 않는 것은 미리 각오하고 눈에 띄지 않도록, 남이 모르게 행동하기만 하며 일하는 것입니다. 그렇게 어이없고, 그렇게 숨이 답답할 수가 없어요.

그리고 그것뿐 만은 아니에요.

나는 아시는 바와 같이 부모도 형제도 없는 고아니까, 여자 종업원, 교환수, 뭐든지 될 수 있었지만, 여자 운전사가 용감하고 멋지다고 생각해서 그 연습을 할 생각으로 여자 차장이 되었는데 … 바라는 대로 운전사가 되어 돈을 벌어봤자 그러고 나서 그다음은 아무런 목적도 없으니까요. 효도할 부모도 귀여워할 남동생도 없으니까요. 재미없어요. 매일매일 무슨 목표도 낙도 없는 텅 빈 세상을 살을 에는 바람이 불거나 먼지투성이의 햇볕에 타거나 목숨을 걸고 여기저기 뛰어다니는 걸요. 술 취한 손님에게 희롱을 당하거나 무서운 순사에게 손을 잡히거나 같잖은 운전사가 꼬드기거나 할 때마다 마음속 밑바닥까지 외롭고 슬프고 흥미가 없어지는 일이에요. 크게 속력을 냈을 때 무엇인가에 맞닥뜨려 엉망진창이 되면 좋겠다고 그런 것만 생각하게 하는 직업이에요.

죄송해요. 당신을 생각해서 사실을 말하는 것이니까 화내지 말아요. 그것뿐이 아니에요.

더욱 더 무서운 일이 있어요.

이 뒤에 넣어 둔 쓰키카와 쓰야코(月川艶子) 씨의 편지를 읽어 줘요. 문구는 있는 그대로 똑같이 베껴 두었으니까요.

이 편지는 제 중요한 편지입니다. 무서운 살인사건의 비밀 증거가 될지도 모르는 편지이니 이대로 당신에게 줄 수는 없어요. 그 까닭도 읽으면 알 수 있어요.

쓰키카와 쓰야코 씨는 제 초등학교 동창생이에요. 아버지와 함께 하마마쓰(浜松)의 벤쿄(勉強)·버스 회사에서 나와 마찬가지로 여자 차장으로 근무하는 사람이에요. 올해 19세이구요. 몸은 작지만 무척 미인이에요. 나와 달리 마음이 약하고 친절한 사람. 나의 오랜 친구이며 글씨도 무척 잘 써요.

〈쓰키카와 쓰야코 씨 편지〉

도모나리 도미코(友成ともなりトミ子) 씨
그간 격조했습니다. 별고 없습니까?
갑자기 이상한 것을 써서 미안하지만, 저 요즘 어떤 사람에게 살해당할 것 같은 생각이 듭니다.
요즘 내가 있는 변쿄(勉強)승합자동차회사에 니타카(新高)라는 새 운전사가 왔어요. 그 사람은 나폴레옹과 많이 닮은 차가운 인상의 키가 큰 사람입니다. 운전은 무척 능숙하고 몸을 아끼지 않고 일해서 쭉쭉 승급해 가는 사람입니다.
그 사람이 오고 나서 3개월째에 나를 아내로 삼고 싶다고 우리 아버지에게 말했습니다. 2주일 전의 일입니다.
회사 공장에 근무하는 우리 아버지는 마음이 내키지 않은 듯하지만, 니타카(新高)를 귀여워하는 회사 전무이사 분이 중매를 서서 싫다고는 못하는데, "너는 어떠냐?"고 물었을 때 나는 그 자리에서 승낙해버렸습니다. 니타카 씨라면 전부터 싫어하지는 않았기 때문이요.
죄송해요. 당신에게 의논드리지 않고 승낙해버렸네요.
하지만 전 처음에 깜짝 놀랐어요. 어째서 니타카 씨가 나 같은 여자를 아내로 맞이할 생각이 들었을까 해서요.

니타카라는 사람은 정말 말이 없는 사람인 것 같아요. 대합실에 와도 다른 운전사처럼 여자 차장에게 달콤한 말을 하거나 묘한 눈초리를 보내는 등의 일은 한 번도 없었어요. 나란히 앉아 있는 우리를 돌아다보지도 않고 담배만 꾸역꾸역 피웁니다.

그런가 싶으면 불쑥 떼를 쓰는 손님의 아이를 자기가 안아 올려서 볼을 비벼서 끽끽 웃기거나 10센(錢)에 세 개 정도 하는 가장 비싼 귤을 1엔(円)어치 사가지고 와서 아무 말 없이 우리에게 선심을 쓰고 그대로 획하니 밖으로 나가버리거나 하는 둥, 변덕스러운 사람입니다.

그런가 싶으면 다시 운전대에서 골든 뱃(Golden Bat)을 피우면서 굉장한 속력을 내면서, 멋지고 명랑하며 맑디맑은 소리로,

에헤. 두 번 다시 반하지 않을 거야, 운전사 이 개 같은 놈아.

사람을 치고 도망친 채로, 모른 체하며.

라는 식으로 부르고 만원의 손님들을 웃기거나 합니다. 그럼에도 불구하고 놀러 간 이야기는 조금도 듣지 못했습니다. 항상 돈을 주머니 속에서 짤랑거리며 있었습니다. 그래서 회사 중역들이 완전히 신뢰하고 말았던 것 같습니다.

저도 남자다운 건실한 사람이라고 굳게 믿고 죄다 그 사람 말하는 대로 하게 되었습니다. 그리고 정식으로 결혼식을 올리는 일만 남았습니다.

그랬더니 말이지요. 오늘 도쿄 아오바스(青バス)에 있는 제 친한 친구 마쓰우라 미네코(松浦ミネ子) 씨로부터 별안간 편지가 왔습니다. 그것이 무척 깜짝 놀랄만한 내용이었습니다.

마쓰우라 미네코씨의 편지는,

"당신 회사에 니타카 다쓰오(新高竜夫)라는 운전사가 오면 단연코 조심하세요. 니타카 다쓰오라는 사람은 도쿄 전체 운전사 중에서도 가장 남자다운 용모이지만 가장 무섭고 소문이 나쁜 사람입니다. 니타카라는 사람은 아오버스에 있을 때, 여자 차장을 여러 명 걸려들게 해서 내연 관계를 맺고 그 사람에게 질리면 닥치는 대로 죽여서 어딘가에 버리고 오는 것 같다고 해요…. 하지만 그 방식이 능숙해서 아직도 한 번도 의심받은 적이 없는, 정말 이상하고 정말 무서운 사람입니다. 이런 소문이 나는 것은, 우리들 여자 차장 동료분인 것 같아요. 그래도 이 무렵이 되어 경시청(警視庁)이 점점 강하게 니타카 씨 주위를 감시하기 시작하면서 니타카 씨는 몰래 아오버스를 그만두고 어디론가 가 버렸습니다. 어딘가 시골 버스로 몰래 도망가 버렸을 거라는 소문이 났으니 당신 회사로 오기라도 하면 절대로 조심해요. 공연한 일인지도 모르지만, 걱정이 돼서 살짝 알려드립니다."

라는 의미의 말이 연필로 휘갈겨 쓰여 있는 그런 편지가 온 것입니다. 저는 깜짝 놀라고 말았어요. 하지만 전 지나치게 고지식해서 이 편지를 아버지에게 보이지 않고 느닷없이 니타카 씨에게 보여주었습니다. 왜냐면 전 이미 니타카 씨와 관계를 맺었거든요. 그렇게 하는 것이 당연하지 않을까요?

니타카 씨는 얼굴이 새파래지며 그 편지를 다 읽었습니다. 그리고 꼬기작꼬기작 구겨 화로에 처넣고 태워 버렸습니다. 니타카씨는 "멍청하군. … 너는 … 이런 말을 남에게 지껄이면 가만두지 않겠어." 라고 하며 잔뜩 벼르고 힐끗 나를 째러보는 니타카 씨의 얼굴 표정이 정말 무서웠어요. 얼굴 살 아래쪽에서 해골이 흘끔 나왔는가 생각할 정도로 오싹했어.

난 그때 정말 벌벌 떨려서 미네코 씨 편지에 쓰여 있는 것이 거짓말인지 진짜인지 물을 수도 없었어요. 그래서 니타카 씨 얼굴을 보고 눈물을 뚝뚝 흘리고 있었더니 니타카 씨는 빙긋 웃으며 내 어깨를 두드렸습니다. 그리고는 "아하. 너를 죽이겠다는 게 아니야. 이런 소문의 편지 같은 것을 진짜로 믿는 녀석이 어디 있어? 멍청하군. 너는 … ."이라고 하며 다정하게 등을 쓰다듬어 주었습니다. 그때 저는 왠지 모르게 니타카 씨에게 죽을지도 모른다는 느낌이 들어 견딜 수가 없었습니다. 하지만 니타카 씨라면 살해당해도 괜찮다는 기분이 들어서 그대로 잠자코 있었습니다.

이 일은 아버지에게도 누구에게도 말하지 않을 생각이지만 도미코 씨에게만 알려 드리는 거예요.

있잖아요. 나를 잊지 말아요.

나와 니타카 씨가 즐거운 가정을 꾸려도 웃지 말아요. 진심으로 축복해 줘요. 안녕히 계세요.

하마마쓰(浜松) 벤쿄(勉強)버스에서 쓰야코 드림

이것이 쓰야코 씨에게서 온 마지막 편지였어요.

있잖아요. 치에코 씨. 이 편지를 쓴 쓰야코 씨는 그러고 나서 일주일도 채 지나기 전에 죽어버렸어요. 그리고 하카타(博多)에서 장례식이 있었어요.

쓰야코 씨의 유골을 가지고 돌아가신 아버지 이야기를 들었더니, 쓰야코 씨는 버스 대용인 새 포드차에 니타카 씨와 같이 타고 가는 동안에, 손님이 만원이어서 왼쪽 승강구 계단에 서 있었다고 해요. 그랬더니 어둠 속에서 맞은편에서 온 트럭이 라이트를 끄지 않아서 니타카 씨의 핸들이 급하게 왼쪽으로 너무 밀려서 쓰야코 씨의 몸이 전신주에 부딪혔다고 해요. 왼쪽 어깨와 팔과 갈빗대의 뼈가 다 부서지고 말았다고 해요.

'꽝' 하며 커다란 소리가 났다고 같이 탄 손님 이야기했다고 해요. 쓰야코 씨의 아버지는 "쓰야코가 운이 나빴어요. 그런 일을 시킨 것이 나빴습니다. 트럭 번호는 니타카 운전사가 봐 두었다고 합니다만, 고소해도 문제가 안 되고, 아무도 원망할 곳도 없습니다. 대단치도 않은 여자아이 하나입니다. 넓은 세상의 눈에서 보면 버러지 한 마리의 가치조차 없을 것입니다. 그래봬도 손님 목숨을 대신한 것이니 저도 이미 포기하고 있습니다. 회사에서는 그달 월급 외에 십 엔 주더군요. 살아남은 손님은 쳐다보지도 않았지만 정말 사람 목숨이 싸네요. 다른 사람을 치었다면 삼백 엔 정도 내는데, 장례비용으로도 부족합니다. 그렇다고 해도 그 정도로 싸게 어림잡지 않으면 젊은 사람을 그렇게 많이 위험하게 만드는 일에는 쓸 수 없을 것입니다."라고 말하셨어요.

무섭네요. 저 노란 장미꽃을 듬뿍 부처님께 바쳤어요.

하지만 이 이야기를 들었을 때 전 이미 정말 여자 차장 일이 싫어졌어요. 종다리가 우는 논에서 아버지와 어머니를 돕고 계신 치에코 씨가 부러워졌어요.

제가 말하는 의미를 아시겠어요?

여자 차장이라는 것이 얼마나 비루하고 외롭고 무섭고 하찮은 운명을 지니고 있는 것인지 아시겠어요?

아무쪼록 여자 차장 같은 건 그만 둬요. 알겠지요?

안녕히 계세요. 건강에 유의하시기를 바랍니다.

두 번째 편지

치에코 씨. 큰일 났어요.

요전 편지에 썼던 니타카 운전사가 왔어요. 우리가 있는 미나토(ミナト)·버스회사에 취직해서 왔어요. 그리고 제게 프러포즈 했어요. 이번에는 제가 살해당할 차례에요.

하지만 걱정하지 말아요. 전 정신을 똑바로 차리고 있으니까요. 그렇게 쉽게 죽지는 않을테니 ….

니타카 운전사는 도쿄의 아오버스가 좋다고 생각되지 않아서 제멋대로 휴가를 써서 여기로 왔다고 해요. 이미 거짓말을 하고 있어요.

하지만 쓰야코 씨를 죽인 니타카 씨임에 틀림없어요. 나폴레옹 같은 사내답고 차가운 얼굴로 아무 말 없이 부지런히 일하고 있어요. 낡은 튜브와 철사로 펜더(자동차의 흙받이)를 만드는 것을 무척 잘 해요. 그런가 하면 고급 바나나를 우리에게 나누어주거나 튜브를 오려내서 만든 물고기나 말들을 손님들이 데려온 갓난아이게 주는 등 무척 즉흥적이에요. 다들 니타카 씨, 니타카 씨라고 추어올리는데 저는 그것을 생각해냈을 때 등골이 오싹했어요. 그리고 쓰야코 씨의 원수라고 생각해서 항상 유심히 행동을 살피고 있었어요. 또 틀림없이 누군가를 죽이러 왔다는 생각에 ….

그랬더니 제가 그런 눈으로 보고 있는 것을 니타카 씨는 뭔가 착각한 것 같아요. 하카타(博多)에서 출발하는 11시 오리오(折尾)행 마지막 기차를 기다리고 있는 동안, 손님이 하나도 없으니 좋은 기회라고 생각한 것이겠지요. 니타카 씨가 노란 장미꽃을 한 송이 들고 들어와서 제 손에 쥐어줬어요. 전 흠칫하고 말았어요. 왜냐면 장미꽃은 죽은 쓰야코 씨가 가장 좋아하던 꽃인걸요.

제가 뭔가 가슴이 뿌듯해지며 고맙다고 했더니, 니타카는 "도미. 오늘 밤 오리오 내 하숙집에 안 올래?"라고 느닷없이 말하는 거예요. 차갑고 진지한 얼굴을 하고 말이지요. 여자를 꾀는 눈은 아니었어요. 영웅적이고 사내다운 눈매였어요. 그 눈빛을 보는 순간 저는 결심했어요. 기뻐 신바람이 나서, 도미코는 "네. 갈게요."라고 말해버렸어요. 하지만 무척 숨이 막혔어요. 치에코 씨, 깜짝 놀라면 안 돼요. 나 정말 니타카 씨가 좋아졌어요. 이것이야말로 목숨을 건 사랑이에요. 그리고 그것과 함께 어떻게 해서라도 쓰야코 씨의 원수를 갚아 주고 싶어졌어요. 니타카에게 호통쳐서 낑낑대며 사과하게 만든 다음, 자살하게 만들면 얼마나 유쾌할까 생각하게 됐어요.

이런 식으로 문구를 써 보니 내가 하는 말은 모순되어 있지요? 하지만 그때의 기분은 전혀 모순되어 있지 않았어요. 그때만큼 내 가슴이 커다란 희망으로 벅차오른 적은 없었어요. 장차 아무런 희망도 없는 텅 빈 내 가슴이 커다랗고 생기가 넘치는 행복으로 뿌듯해진 것 같았어요.

나는 문자 그대로 기뻐 신바람이 나서 니타카 씨 하숙집에 갔어요. 그리고 하나에서 열까지 니타카 씨가 하라는 대로 해주었어요. 전혀 무섭지 않았어요. 니타카 씨도 이제 완전히 내게 넘어와서 사족을 못 쓰게 되었어요.

맞아… 나는 당치 않은 행동을 했는지도 몰라요. 하지만 당치 않은 행동이라도 상관없어요. 두고 봐요. 내 모험이 성공할지 안 할지.

그렇게 생각할 때, 내 가슴은 두근두근 뛰며 벅차올라요. 나는 지금 내 인생이 파열될 것 같이 긴장하고 있어요.

누가 뭐라고 말해도 나는 이 모험을 향해 매진할 거예요.

안녕히 계세요.

세 번째 편지

치에코 씨.

여자란 나약한 법이군요.

난, 니타카 씨에게 완전히 정복당하고 말았어요. 요전 편지에 쓴 것 같은 모험심이 어느 틈인가 약해진 것 같아요.

니타카 씨도 매일 매일 나를 귀여워하는 것이 낙이 된 것 같아요. 살림이며 아직 태어나지도 않은 갓난아이 이야기만 나에게 해요. 난 그럴 때는 아무 말도 안 하고 가만히 있지만 앞으로 얼마나 지속될지 모르는 길고 긴 니타카 씨와의 동거 생활의 코스가 희망도 아무것도 없는 잿빛으로 죽 이어지고 있는 것이 보이기 시작했어요. 옛날 그대로의 평범한 도미코의 마음으로… 그것이 그냥 유부녀가 되고만 도미코의 마음으로 돌아오게 될 것 같았어요. 내가 정말 소중하게 숨기고 있던 쓰야코 씨의 편지를 태워 버릴까 하고 생각한 적이 몇 번 있었는지 몰라요.

니타카 씨를 죽일 생각 같은 건 털끝만큼도 없어지고 말았어요. 치에코 씨가 비웃어도 이쩔 수 없어요.

도대체 이것은 어찌 된 일일까요? 내 일생은 이대로 극히 평범한 채로 끝나는 것일까요? 니타카 씨와 결혼했을 때의 그 터질 듯한 엄청난 양의 희망은 도대체 어디로 가 버린 것일까요?

나는 이럴 생각으로 결혼한 것은 아니었어요. 나는 이대로 펑크가 난 타이어처럼 끝까지 굴러가지 않으면 안 되는 것인가요?

가게 앞에 축 늘어진 화려한 메리야스 조각이 눈에 띄어 견딜 수가 없네요. 갓난아이의 옷에는 어떤 것이 좋은지.

부디 아무쪼록 웃어 줘요. 인생 같은 건 원래 이런 것인지도 몰라요.

네 번째 편지

 큰일이 생겼어요. 치에코 씨. 난 죽은 쓰야코 씨와 같은 편지를 당신에게 쓰겠어요. 나 조만간 살해당할 것 같아요.
 니타카 씨가 내 손바구니 속에서 쓰야코 씨의 편지를 발견한 것 같아요. 니타카 씨는 그런 것을 내색도 안 하지만 말이에요. 왠지 모르게 마음속에 쌀쌀한 데가 생긴 것 같아요. 그런데도 나를 사랑하는 것은 전보다도 훨씬 강해진 것 같으니 이상하지 않아요? 우리는 행복하다, 행복하다고 요즘 갑자기 말을 꺼냈으니까 이상하지 않아요? 뭔가 까닭이 있을 거라는 생각에 견딜 수 없어요. 아직도 부부가 된 지 일주일도 채 지나지 않았는데요.
 그것뿐만이 아니에요. 어제 이런 일이 있었어요. 밤 9시 오리오(折尾) 행을 타고 가는 도중 생긴 일이에요.
 우리 미나토·버스에서도 1932년형 시보레(Chevrolet) 오픈카를 버스 대신 사용하고 있어요. 그 시보레 오리오 행이 여느 때와 마찬가지로 만원이어서, 제가 승강구 입구에 서고 니타카 씨가 운전하고 가는 동안에 나는 문득 생각이 나서 하코자키(筥崎) 건널목을 나오자마자 아무 말 안 하고 후부 스페어 타이어 옆으로 돌아 짐을 싣는 발판에 서 있었어요.
 밤 9시 무렵이에요. 보슬비가 내리는 칠흑 같은 밤이었어요.

다타라(多々羅) 마을 안의 좁은 곳에서 맞은편에서 버스가 왔나 싶더니 갑자기 속도를 낸 니타카 씨가 핸들을 있는 힘껏 왼쪽으로 꺾어 길가의 전신주에 거의 스칠 정도로 몰아서 빠져나갔어요. 만약 내가 원래대로 앞 왼쪽의 승강구 계단에 서 있었다면 분명 떨어져서 납작하게 내동댕이치고 말았을 거예요.

나는 오싹해지고 말았어요. 니타카 씨가 쓰야코 씨의 편지를 본 것을 그때 확실히 알았어요. 너무 속속들이 알아서 머리카락이 한 알 한 알 거꾸로 섰을 정도였어요.

그러더니 니타카 씨가 다시 이윽고 마쓰자키(松崎)의 넓은 내리막길에서 총알 같은 속도를 냈을 때, 맞은편에서 온 차를 피하는 체하면서 힘껏 왼쪽으로 핸들을 꺾어 차체의 왼쪽을 거의 소나무에 부딪혀 문지르면서 몰았어요. 그때 나는 다시 니타카 씨가 나를 죽이려고 하는 것을 확실히 느꼈어요. 하지만 전혀 반응이 없는데다가 내가 묵묵부답이니 니타카 씨는 이상하게 생각한 것 같아요. 가시이(香椎) 건널목 앞에 오자 운전대에서,

니타카는 "이봐! 도미."라고 부르는 거예요. "네에." 나는 뒷자리에서 가능한 한 명랑한 목소리로 대답해주었더니 곧바로 니타카는 "바보 아냐? 앞으로 안 올래?… 기차 좀 봐 줘. 10시 1분발 상행선이 올 시각인데."라고 말하면서 속도를 떨어뜨렸어요. 나는 다시 한 번 명랑하게 "네에." 대답하면서 앞의 건널목에 뛰

어나가, "기차 오케이[1]." 하며 양손을 올렸어요. 거기는 집 뒤로부터 급하게 철도 건널목에 얹혀 있기만 한 게 아니잖아요? 오후 8시 지나서는 건널목을 지키는 사람이 없어 익숙하지 않은 트럭이 두세 번 부딪친 적이 있는 위험한 곳이에요. 니타카 씨는 확실히 기차 시간표를 알고 있고 자랑하고 다니는 율리스 나르당(Ulysse Nardin) 손목시계를 보면서 운전하고 와서는, 괜찮을 것 같아서 내가 '오케이'라고 차 안에서 말했을 뿐인데 단숨에 통과하기 직전이었어요. 게다가 이때만 매우 조심스럽게 속도를 떨어뜨리고 나를 부르는 거예요. 나는 정말 어처구니가 없더라고요.

가시이(香椎)에서 손님이 3명 내려서 나는 흠뻑 젖은 채로 다시 운전대에 니타카 씨와 나란히 앉았어요. 하지만 니타카 씨는 특별히 아무 말도 안 했어요. 그냥, 니타카는 "추웠지?"라고 한 마디. 낮은 목소리로 말한 채 속도를 내고 가시이에서 한 시간 채 안 되어서 오리오에 도착했어요. 그리고 둘이서 차체를 닦는 동안 말 한마디도 하지 않은 채 집에 돌아가서 역시 잠자코 둘이서 술을 마시는 내내 서로 쏘아보는 모양새가 되었어요. 니타카 씨는 늘 말이 없지만, 이때만큼은 특히 뭐라 말할 수 없는 이상한 상태였던 거예요.

---

[1] 좋아요. 오케이. : 원문 「オーライ」는 영어 [←all right]에서 전화된 것이다.

그리고 니타카 씨가 드디어 잘 때가 되니 술기운이 돈 탓도 있겠지요. 느닷없이 여러 가지 농담을 하기 시작하는 거예요. 그것은 말수가 적은 니타카 씨와 어울리지 않는 농담이었어요. 아래로는 거지에서 가장 위로는 쇼군(將軍)2)님에 이르기까지 다양한 계급 사람들의 러브신을 신파(新派)3)나 가부키(歌舞伎)의 여러 배우의 말투를 흉내 내어 하거나 하는 거예요. 그것은 정말 솜씨가 좋아서 재미있었어요. 니타카 씨에게 그런 재주가 있다고는 생각지 못했어요. 그래서 나도 모르게 그 이야기에 끌려들어가서 배꼽 잡고 웃고 말았어요.

그러나 그것이 다시 오늘 아침이 되니 죄다 텅 빈 것 같은 생각이 들어요. 사람의 기분이란 것은 묘한 거예요. 이렇게 하루 일을 쉬면서 아직 내리고 있는 폭풍우 기미의 비 너머로 맞은편 집 지붕의 냉이라든가 훨씬 건너편에 나란히 흔들리고 있는 미루나무의 가로수라든가 하행선 열차에서 뿜어 흩어져 가는 검은 연기를 보고 있으면, 그것이 모두 내 운명 같이 느껴져서 생각하고 또 생각해도 다 생각할 수 없는 외롭고 쓸쓸한 기분이 돼요.

---

2) 쇼군(将軍) : 세이이 다이쇼군(征夷大将軍)의 준말로 일본 무사 정권인 바쿠후(幕府)의 최고 주재자.

3) 신파(新派) : '신파(新派)'라는 명칭은 메이지(明治) 30년대(1897-1906)에 저널리즘이 편의적으로 가부키(歌舞伎)를 '구파(旧派), 새로운 연극을 '신파'라고 부른 데에서 유래한다.

바로 눈 아래의 함석지붕을 후드득 후드득 두드리며 가는 비 소리를 듣고 있노라면 그만 나도 모르게 눈 속에 뜨거운 눈물이 가득 고여 죽을 정도로 하찮고 의욕이 없는 기분이 되고 말아요. 이렇게 한심하고 슬픈 내 기분은 치에코 씨에게 호소할 수밖에 없어요. 어떻게든 해야 한다고 생각하면서도 어쩔 수도 없잖아요.

  난 지금 막 죽은 쓰야코 씨의 유품인 편지를 태워버렸어요. 쓰야코 씨의 그 무서운 편지를 태워버리고 싶었던 만큼 오늘 하루 쉴 수 있었던 것 같아요.

  모든 것이 운명이에요. 운명에 맡기는 것 이외에 달리 어찌할 방도가 없어요. 신 따위 이 세상에 없는 거니까요.

  치에코 씨, 비참한 도미코를 위해 울어 줘요.

다섯 번째 편지

치에코 씨 고마워요.

내가 혼수상태에 있을 때 병문안하러 와주었다면서요. 예쁜 꽃을 많이 주셔서 고마워요. 아직 내 머리맡에 화려하게 피어 있어요. 감사합니다.

난 그때부터 일주일 간 아무것도 몰랐어요. 고열 때문에 끙끙 앓았다고 해요. 머리 한가운데 뼈가 깨져 그것이 악화되기 시작해서 난 열이라고 해요. 일곱 바늘 꿰맨 것을 다시 풀고 다시 씻었다고 해요.

어떻게 목숨을 구했는지 나도 확실히 몰라요. 하지만 요즘은 혼자서 일어나고 앉을 수 있게 되어 조금씩 생각해낼 수 있게 된 것 같아요.

잘은 모르지만 요전에 당신에게 편지 쓰고 나서 얼마 안 되었을 때 일어난 일이에요. 여느 때와 마찬가지로 니타카 씨와 내가 한 팀이 되어 쉐보레를 타고 하카타에서 오리오에 가는 도중 10시 반이 안 되었을 무렵에 가시이 건널목에 다다랐었어요. 거센 비바람으로 한 사람도 없는 밤이었어요. 입춘(立春)에서 220일째 되는 날[4]이나 21일 밤이었기 때문이죠.

---

[4] 입춘(立春)에서 220일째 되는 날 : '二百二十日'은 잡절(雜節, 이십사절기

건널목에 다다르기 조금 전에서 왼쪽의 소나무와 농가 사이로 길고 긴 '아카리' 상행선 열차가 쭉쭉 달려오는 것이 보였는데, 나는 태연하게, "기차 오-케-이."라고 길게 끌며 소리친 것 같았어요.

왜 그렇게 무서운 거짓말을 했는지 그때 기분을 도무지 알 수 없지만 새까만 비바람 속을 굉장한 속도로 달리는 차 안에서 완전히 우울해진 내가 니타카 씨와 함께 죽는 게 좋다는 기분이 들었던 탓이겠지요.

그 열차는 구마모토(熊本)인가 가고시마(鹿児島)에서 출발한 임시 열차로 만주에 가는 단체 사람들을 잔뜩 태웠다고 해요. 때마침 하카타 발 상행선 10시 1분의 마지막 열차가 막 지났을 때였기에, 11시 하행 열차만을 조심하던 니타카 씨는 내가 하는 말을 진짜로 믿었던 거겠지요. 마음껏 속도를 내서 건널목을 가로지르고 국도를 따라 오른쪽으로 급커브를 틀려고 했어요. 그 후부 승강구의 발판에 열차의 라이프 가드가 걸려서 뒤로 공중제비 쳐서 부딪쳐 나가떨어지고 타이어가 위를 바라보는 모습으로 뚝 아래로 떨어졌다는 이야기이에요.

를 제외한 나머지 절기로 삼복, 즉 초복, 중복, 말복 등이 이에 해당한다)의 하나로, 이십사절기 '입춘(2월 4일경)'을 기산일로 삼아 220일째(입춘의 219일 이후의 날)에 해당한다. 그 날짜는 해에 따라 변화하고, 최근에는 9월 10일 또는 9월 11일이 된다.

니타카 씨는 두꺼운 유리 파편이 옆구리 안으로 깊숙이 박혀 들어가 처치할 시간을 놓쳤다고 해요. 열차의 후부 차장인 가코가와(加古川) 씨란 사람이 달려와서 뒤에서 안아 일으켰을 때 희미하게 눈을 뜨고 숨이 막히는 목소리로, 니타카는 "아뿔싸. 당했구나… 쓰야코의 원한이다… 빌어먹을… 쓰야코다, 쓰야코다, 쓰야코다."라고 말한 채 숨이 끊어졌다고 하네요. 그 후부 차장인 가코가와 씨가 일부러 병문안하러 와서 이야기해 주셨어요.

그 이야기를 들었을 때 나는 나도 모르게 싱긋 웃고 말았어요. 온몸의 피가 쓰윽 따뜻해져서 금세라도 뛰어나갈 수 있을 것만 같은 힘으로 가득 찼습니다. 니타카 씨는 내가 쓰야코 씨의 원수를 갚은 것을 확실히 알고 죽었으니까요.

그렇게 생각하자 나는 눈물이 연달아 흘러나와 애를 먹었어요. 아무것도 모르는 가코가와 씨와 간호부가 저를 몹시 동정하는 눈빛으로 위로해 주었어요. 여러 가지로 위로해 주셨지만 아무 소용이 없어요. 나는 하나님께 감사드리며 기뻐서 울었는데 슬퍼해서는 안 된다, 건강에 무척 해롭다고 하는 걸요. 나는 그때 곰곰이 생각했어요. 여자를 함부로 위로해 주는 게 아니라고 말이지요. 무엇 때문에 우는지 알 도리가 없으니까요.

그 차장과 간호부 이야기를 들으니, 나는 엉망진창이 된 차체

밑에 엎드려져서 얼굴을 꽉 양손으로 가리고 손발을 동그랗게 움츠리고 있어 다들 감탄했다고 하네요. 틀림없이 충돌하기 전부터 그렇게 하고 있었던 거겠지요.

어제 임상심문(臨床訊問)5)이라는 것이 있었어요. 경찰이라든가 재판소 사람 같이 우락부락하게 생긴 사람이 대여섯 명 내 침대 주위를 둘러싸고 여러 가지를 질문해요. 무척 무서웠어요.

내가 큰 소리로 "스톱"이라고 했는데, 니타카 씨가 이를 개의치 않고 건널목을 가로질렀다고 하자, 다들 끄덕였어요. 니타카 씨의 평상시의 운전 버릇을 알고 있던 것이지요. 가시이 건널목에는 자동신호기가 반드시 필요하다고 서로 이야기하더라구요.

니타카 씨와 내연의 관계가 있다는 이야기인데 정말이냐고 수염이 난 사람이 물어서 나는 "그렇습니다."라고 말해 주었어요. 얼굴도 뭐도 빨개지지 않았다고 생각해요. 모두 얼굴을 서로 마주 보며 웃었던 것 같아요. 그랬더니 40정도의 형사 순사 같은 피부색이 검은 해골 같은 남자가 "부부 정사(情死) 아냐?"라고 했어요. 그리고 하얀 이를 드러내고 웃어서 난 가슴이 철렁거렸어요. 하지만 내가 완강히 고개를 가로저었더니 얼마 안

---

5) 임상심문(臨床訊問) : 증인이나 참고인 등이 와병으로 출두할 수 없을 때, 재판관, 검찰관 등이 병실에 가서 행하는 심문. 정식 법률 용어는 아니다. 법원 또는 재판관이 행하는 임상심문은 일본 형사 소송법상으로는 소재심문의 일종이 된다.

있다가 다들 돌아갔어요.

 형사들은 의외로 머리가 좋네요. 그 형사의 얼굴을 생각하기만 해도 가슴이 덜렁거려요.

 나는 하나님께 감사드리고 있어요. 자포자기했던 내가 같이 죽을 생각으로 "오케이"라고 한 것인데, 니타카만 죽이고 나만 살려 주셨는걸요.

 나는 머리 부상이 나으면 다시 미나토·버스에 나가 여자 차장을 할 거예요. 그리고 이번이야 말로 평생 그만두지 않을 거예요. 그래서 여자 운전사가 될 거예요. 일본 제일의 여자 운전사…. 난 이것이 하나님의 명령이라고 생각해요.

 결혼 같은 건 평생 안 할래요. 나는 이미 한 여자가 평생 동안 경험하는 것을 전부 알고 말았으니까요. 니타카 씨가 살아서 돌아오지 않은 한 다른 남자한테는 볼일이 없을 테니까요.

 니타카 씨에 관한 것은 그때 신문에 크게 났었어요. '가공할 색마의 살인 릴레이'라는 제목으로 말이에요. 죽은 니타카 운전사는 도쿄의 아오버스 회사를 나오고 나서 죽 지명 수배가 된 여자 살인의 용의자였던 것을 죽은 다음 알았다고 해요. 그래서 니타카는 도쿄에서도 한 번 트럭과 정면충돌해서 이쪽 여자 조수가 즉사했지만, 이상하게 자기만 살아난 적이 있었대요. 그때 설명을 잘 한 덕택에 무사히 방면된 경험을 소유자인 거죠. 그래서 이번에도 사실은 내연 관계가 있는 여자 차장과 함께 차를 기차에 부딪치게 하고 자기만 뛰어 내릴 작정이었는지도 모른다고 쓰여 있었어요. 치에코 씨도 아마 읽으셨겠지요?

그건 전부 거짓말이에요. 신문사와 경찰이 꾸며 낸 이야기이에요. 나를 지나치게 동정하고 있는 거예요. 회사에서도 대단히 내 처지를 안타까워하며 걱정하고 있다고 해요. 웃기지요.

하지만 난 아무렇지도 않아요. 세상은 원래 그런 법이잖아요. 하나님의 심판만이 옳은 것이에요.

그러니 난 치에코 씨에게만 사실을 알려 드릴 게요.

이제부터 어떤 일이 있어도 여자 차장 같은 것은 되면 안 돼요. 나 같은 여자가 되지 말아요.

여섯 번째 편지

치에코 씨. 당신에게 마지막 편지를 드립니다.

나는 이 편지를 부치고 나서 어딘가로 가서 자살할 거예요. 시체는 아무에게도 보이고 싶지 않으니 부디 찾지 말아 주세요.

미안하지만 니타카 씨와 내 사진과 옷, 저금통장, 도장, 살림 도구 등 모두 하나로 모아서 당신 앞으로 발송해 두었습니다.

부디 가난한 사람들에게 나눠 주세요. 초등학교에 기부해 주셔도 좋아요. 작은 풍금 정도 살 정도는 되겠지요?

그 피부색이 검은 해골 같은 형사 분의 말은 역시 사실이었습니다. 지금에야 겨우 알았어요.

나는 니타카 씨와 '부부 정사(동반자살)'를 해 보고 싶었던 것이에요. 그리고 가능하면 나만 살아남아 보고 싶었던 거지요. 그리고 그것은 그대로 되었습니다.

그렇게 나는 사실을 말하자면 남편을 죽인 것입니다. 하지만 니타카는 쓰야코 원한의 일념으로 재앙을 입어 살해당했다고 생각하고 죽은 것이겠지요. 내 소행이라고는 꿈에도 생각하지 못한 채 죽었겠지요. 니타카는 역시 나를 진심으로 사랑하고 있었겠지요.

그것을 안 이상 저는 이제 가만히 있을 수가 없습니다. 그뿐만 아니에요. 내 뱃속에 니타카의 갓난아이가 생겼습니다. 그것이 요즘 니타카 씨에 관한 일을 생각해낼 때마다 심장 아래쪽에서 꿈틀거리며 뛰기 시작합니다. 이 아이가 태어나면 나는 어떻게 해야 할까요? 나와 함께 저주받은 이 아이도 죽여 버릴 거예요. 나는 남편을 죽이고 내 아이를 죽이는 것이에요. 당신에게만 자백하고 죽을게요.

용서해 주세요. 비참한 도미코의 평생의 소원입니다.

여자 차장 같은 것, 절대로 되어서는 안 됩니다.

안녕히 계세요.

III. 화성 여자火星の女

현립県立 고등여학교高等女学校[1]의 괴상한 일
미스 구로코게 사건
소문은 소문을 낳아 미궁으로
금일 기사 해금

  지난 3월 26일 오전 2시경, 시내 오도리(大通) 로쿠초메(六丁目) 현립 고등여학교 내, 운동장 한 모퉁이에 있는 헛간 오두막집에서 불이 나서 때마침 불어온 세차게 부는 바람을 타고 큰 사고가 일어날 뻔했는데, 시의 소방서 서장 이하의 신속한 활약에 의해 동 오두막집이 전소되었지만, 교사에는 아무런 피해 없이 불길을 잡아, 모두 안도하여 가슴을 쓸어내린 것은 이미 보도한 대로이다. 그런데 그러고 나서 얼마 지나지 않은 26일 꼭두새벽에 그 불탄 자리에서 남녀 구별조차 감별할 수 없는 새카맣게 탄 시체가 발견되어 또다시 큰 소동이 벌어졌다. 게다가

---

[1] 고등여학교(高等女学校) : 구제도의 여자 중등교육기관. 남자 중학교에 대응하는 것으로 수업 연한은 4~5년. 본과 위에 전공과(專攻科)·고등과(高等科)의 설치도 인정되었다. 고녀(高女).

해당 사체를 대학에서 부검한 결과 20세 전후의 소녀 시체로 특히 요부(허리 부분)의 연소에 충분한 연료를 배치한 흔적이 있다. 그 결과 경찰 측에서는 치정 관계의 살인 방화 사건이라고 내다보고, 용이하지 않은 사건으로 인지하여 이상에 관한 기사 게재를 금지하고 극도의 긴장 속에 엄중한 조사를 개시했다. 그러나 이후 일주일에 걸친 조사에도 불구하고 범인은 물론이거니와 당해 시체의 신원조차 판명되지 않았다. 소문은 소문을 낳아 이미 미궁에 빠졌다고 전해지고 필사적인 노력을 계속하고 있는 사법 당국의 위신마저도 의심받게 될 것이라는 상태에 이르렀다. 그러나 그 후 당국에서는 뭔가 조사할 부분이 있는 듯, 오늘 하루 갑자기 이상의 기사를 해금하게 되었다. 이것은 당국에서 움직일 수 없는 중대한 단서를 잡은 증좌라고 생각되었다. 따라서 이상의 사건 진상이 사회에 공표되는 것도 먼 장래가 아니라고 믿을 만한 이유가 있다.

타살 방화 혐의 충분.
단, 바로 그 방화마(放火魔, 방화범)[2]는 아닌 듯

이상의 사건은 여전히 당국의 조사가 계속 이루어지고 있기에 지금도 여전히 일체가 비밀에 부쳐지고 있지만, 사건 발생

---

2) 방화마(放火魔, 방화범) : 방화에 의해 화재를 일으키고 사람들에게 해악을 초래하는 사람 이라는 의미로 사용된다.

직후 본사가 탐문한 바에 따르면, 현장 현립 고등여학교 헛간 오두막집은 평소 아무도 출입하지 않고 또한 화기와 멀리 떨어져 있는 곳이기 때문에 방화의 혐의는 충분히 있지만, 교사 그 자체의 소각을 목적으로 하는 이전의 방화범과는 전혀 수법이 다르다. 또한 현장에는 유리병 모양의 파편이 흩어져 있는 것도 그곳이 원래 헛간용 가건물이었기에 음독용 병 등이라고는 속단하기 어렵다. 그리고 불에 타서 죽은 시신에서 혈액 채취가 불가능해서 항독소(抗毒素), 일산화탄소 등의 유무도 판명되지 않고, 따라서 죽은 소녀가 처녀인지 아닌지 또는 과실에 의한 소사(燒死)인지 아닌지도 결정하기 어려운 상황이지만 그러나 현장 상황 및 시신의 외관 등에서 추측하건대 타살 혐의는 여전히 바뀌지 않는다. 이미 보도한 바와 같이 치정 관계 때문에 야기된 참사가 아닌지 의심되는 점도 많다. 또한 동교(同校)는 지난 3월 19일 이후 춘계 휴가 중이므로 기숙사에는 잔류한 학생이 1명도 없고, 그곳에 숙박하는 고용인 노부부 및 그 날 밤 숙직한 사람을 대상으로 일단의 취지는 행해졌지만 수상한 점이 없고 그렇다고 해서 변태성욕적인 부랑자가 높은 콘크리트 벽을 두르고 있는 동교(同校) 구내에 교외의 소녀를 데리고 왔다는 것은 가능성이 낮은 한 조각의 상상에 지나지 않는다. 게다가 그 흔적도 없는 것이 인정되고 있다. 또한 이상의 기사가 해금된 후는 수색 방침이 크게 변하는 것 같아 혹은 의외의 방향에서 의외의 진상이 드러날지도 모른다.

　소실된 헛간은 이전의 작법(作法)교실
　교장은 인책(引責)³⁾ 근신 중

　이와 관련하여 소실된 현립 고등여학교의 오두막집은 순 일본식 건축인데 이층구조의 방 네 개짜리는 시내 유일의 짚으로 지붕을 이은 것으로 동교(同校)의 운동장, 궁술도장의 배후에 높은 방화벽을 두른 한 모퉁이에 있다. 예전에 동교(同校) 설치 때, 철거된 민가 중에서 교장 모리스(森栖) 씨의 의견에 따라 동교(同校) 학생들의 작법 연습장으로 남겨진 것인데 그 후 동교(同校) 정문 안에 졸업생들의 기부에 의한 작법 실습용 다실(茶室)이 준공되었기 때문에 자연히 불필요해져서 화재 직전까지는 헛간으로 보존되어 있었고, 위층과 아래층에는 운동회 용품 기타, 낡은 칠판, 낡은 램프, 빈병, 낡은 양동이, 낡은 등나무 의자 등이 어수선하게 산적되어 있었다. 그 아래층에 시신을 눕히고 방화한 것 같고, 게다가 불기운이 대단히 맹렬해서 복부 이하의 근육 섬유는 모두 검은 털실 모양으로 탄화되어 골격에 휘간기고 치침한 모습을 보였다고 한다. 또한 동교(同校) 교장 모

---

3) 인책(引責) : 잘못된 일의 책임을 스스로 지는 것.

리스 레이조(森栖礼造) 씨는 독실한 기독교 신자로 교육 사업에 평생을 바치기 위해 독신 생활을 계속했고 동교(同校) 창립 이후, 30년간 교장이란 중책을 맡아 한 번의 추태도 없었으며 표창장, 위기(位記)[4], 훈장 등을 수령하는 것은 너무 많아 일일이 셀 수가 없어 현(縣) 안의 모든 지역에서 모범적인 명 교장으로 명성이 자자한 인물로서 사건 당일은 시내 산반초(三番町) 하숙집에 있었는데, 화급한 소식을 듣고 쏜살같이 현장에 달려와서 어진(御眞)[5]을 꺼내고 교직원을 지휘해서 중요 서류를 보호하게 하고, 방화에 진력하게 한 침착하고 용감한 태도는 사람들이 상찬(賞讚; 기리어 칭찬함)할 바이지만, 사건 이후 산바초 하숙집에 근신하며 아무하고도 만나지 않고 앙상하게 여위고 까칫해져서 근엄하고 소심한 동 교장의 평소 모습을 아는 사람들은 그 태도에 동정하고 있다. 이상에 관해 지난 3월 28일 교무 협의를 위해 동 교장을 방문한 동교(同校) 고참 여자 교사인 도라마 도라코(虎間トラ子) 여사는 동 교장의 말로 아래와 같은 소식을 흘렸다고 한다.

---

4) 위기(位記) : 서위(敍位)를 받는 자에게 주는 문서.
5) 어진(御眞) : 고세이에이(御聖影), 고신에이(御聖影). 여기에서는 일본 천황의 사진이나 초상화를 가리킨다.

"목하 경찰에서 취조 중이므로 주제넘은 말은 할 수 없지만 저로서는 이런 이상한 일은 없다고 생각한다. 동 폐옥(廢屋)은 교내에 있지만 오후 6시 이후는 숙직 직원과 고용원 노부부 이외에는 교문 출입을 엄중히 금지하고 있다. 이것은 내가 특히 주의하고 있는 곳인데, 누군가가 침입해 와서 그와 같은 일을 저질렀을 것이다. 나나 학교에 원한을 가진 사람에 대해서는 짐작 가는 데도 없다. 물론 학교 관계 사람이라고도 생각되지 않아서 참으로 어처구니없는 괴상하고 기이한 사건이라고 할 수밖에 없다. 모든 일은 당국의 조사에 의해 판명될 것으로 생각하는데 여하튼 이런 괴사건(怪事件)이 교내에서 발생한 이상, 교내 단속에 관해 어딘가에 유루(遺漏)[6]가 있었다고 생각해야 한다. 그 책임은 당연히 내게 있으니까 근신하고 있는 것이다." 운운(云云)[7].

모리스(森栖) 교장 실종

사라져버린 유서와 불가사의한 여자 글씨의 편지

지난 3월 26일, 현립 고등여학교 내에서 발생한 '미스 구로코게(黑焦) 사건' 이후 근신의 뜻을 표하고 산반초(三番町) 하숙에

---

6) 유루(遺漏) : 중요한 것이 빠져나가거나 새어 나가는 것.
7) 운운(云云) : 문장이나 말을 인용할 때, 그 뒤의 말을 생략하거나 말로 하기 어려울 사항을 얼버무릴 때도 쓴다.

틀어박혀 있던 명 교장 모리스 레이조(森栖礼造) 씨는 신입생 입학식 전날인 지난 1일 저녁 무렵부터 갑자기 실종된 것이 교무 협의를 위해 동 하숙을 방문한 동교(同校) 여교사 도라마 도라코(虎間トラ子) 여사에 의해 발견되었다. 이미 보도한 바와 같이 모리스 교장은 '미스 구로코게(黒焦) 사건' 이후 몹시 골치 썩은 듯 산반초 하숙집에 틀어박혀 수염이 자라서 흐트러지고 안색이 초췌했지만, 사건 발생 후 일주일째 되는 지난 31일 밤, 어딘가에서 한 통의 여자 글씨의 편지가 모리스 씨 앞으로 배달되고 나서부터 무슨 까닭인지 발광한 듯 동 하숙집 여주인인 와타나베 스미코(渡部スミ子)에게 와서 말도 없이 눈물을 흘리며 여러 차례 머리를 숙여 절을 하고 또는 2층에서 길을 향해 방뇨하면서 크게 웃는 등 전혀 진정되지 않았다. 그리고 밤에는 큰소리를 내며 성을 내고 고함을 치고, '그 놈이다. 구로코게(黒焦)는 바로 그놈이다. 화성(火星)이다, 화성이다. 악마다, 악마다 등과 같이 두서없는 말을 아무 생각 없이 입 밖에 내서 여주인 스미코(スミ子) 여사를 놀라게 했다고 한다. 그 다음날 3월 1일에는 피로한 탓인지 종일 몸져누워 한 끼도 식사를 하지 못했다고 한다. 같은 날 밤 10시경 앞에서 말한 도라마 도라코(虎間トラ子) 교사가 방문했을 때도 여전히 잠자리에 누워 있을 것이라는 생각에 여주인 스미코가 깨우러 갔을 때는 침구 속은 이미 교장이

빠져나간 뒤였고 머리맡에 뚜껑이 열린 장문의 여자 글씨의 편지와 나란히 도라마(虎間) 여사 앞으로 쓴 유서가 놓인 것을 발견해서 큰 소동이 일어났다. 현(縣) 당국, 경찰 당국, 동교(同校) 직원이 총출동해서 동 교장의 행방 수색을 개시했지만, 오늘 아침에 이르기까지 동 교장의 소재는 불명이며, 다만 목하 동 교내 현관 앞에 건설 예정으로 도토 초소(東都彫塑), 아사쿠라 세이운(朝倉星雲) 씨 손으로 제작 중이라고 전해지고 있던, 동 교장의 덕(德)을 칭송하고 장수를 기리는 상(像)의 먼지와 푸른곰팡이로 싸인 청동 흉상이 하얀 천에 싸인 채로 동 하숙집의 모리스 씨 전용 벽장 속에서 굴러 나와서 사람들을 놀라게 했다.

  이와 관련하여 동 교장의 머리맡에 있던 두 통의 편지는 그 후 혼잡 속에 사라져서 누군가가 가지고 간 듯, 여주인 스미코 및 도라마 여교사도 그 행방을 모른다고 한다. 두 사람 모두 내용에 관여하지 않아서, 앞에서 말한 동상 건과 함께 모리스 씨의 실종에 얽힌 불가사의한 사건으로 관계자의 주의를 끌고 있다. 그뿐만 아니라 앞에서 언급한 모리스 씨가 무심결에 입 밖에 낸 말에서 추측하여 이상 두 통의 편지는 어쩌면 '미스 구로코게(黑焦) 사건'의 비밀을 폭로하는 유력한 참고 자료가 아니라고도 가늠하기 어렵고, 이것을 많은 사람이 보고 있는 가운데 가지고 간 신변(神変) 불가사의(神変不思議)[8]한 인물이야말로

'미스 구로코게(黑焦) 사건'의 유력한 용의자가 아닌가 하는 의심이 관계자 사이에 점차 고조되고 있다. 모든 것이 모리스 교장의 행방과 함께 판명되어야 한다고 하여 그 쪽 수색에 전력을 다하고 있는 모습이다. 또한 동 교장을 모르는 역무원 말에 따르면 동 교장같이 수염이 텁수룩하고 모자를 안 쓴 인물이 오사카에 가는 표를 사서 마지막 열차에 올라탄 흔적이 있다고 해서 그 방면으로도 수배가 이루어지고 있다고 한다.

현립 여자고등학교 엉망진창
모리스(森栖)장 발광(発狂)!
도라마(虎間) 여교사 액사(縊死)[9]!
가와무라(川村)서기 거금 괴대(拐帯)[10]!
구로코게(黑焦) 사건의 여파인가?

【오사카(大阪) 전화】어제 보도한 실종된 현립 고등여학교(高等女學校) 교장 모리스레이조(森栖礼造) 씨는 실종 후, 오사카를 향한 흔적이 있다고 해서, 본지가 제일 먼저 보도했지만 아니나 다를까 동 교장은 지난 3일 이른 아침, 오사카(大阪)시(市) 기타

---

8) 신변(神変) 불가사의(不可思議) : 사람의 지혜로는 헤아릴 수 없고 사람의 힘으로는 할 수 없는 이상한 변화. 신변(神変). 신변(神変) 불가의(不可議).
9) 액사(縊死) : 목을 매고 죽는 것.
10) 괴대(拐帯) : 위탁을 받은 금품을 가지고 달아나는 것.

(北)구(区) 나카노시마(中之島) 부근의 길에 진흙투성이의 흐트러진 프록코트(frock coat) 모습을 드러내고 우연히 만나는 사람마다 "화성 여자를 모릅니까?", "미스 구로코게(黒焦)가 오지는 않았습니까?", "아마카와 가에(甘川歌枝)는 어디에 있습니까?", "죄다 모두 거짓말입니다.", "사실 무근의 중상입니다. 중상입니다." 등과 같이 있지도 않은 사실만을 말하는 것을 일단 나카노시마 경찰서에 확보하였다.

해당 시의 경찰에서 조회해 온 것을 바탕으로 개교 직전의 몹시 다망한 시간을 보내던 고바야카와(小早川) 교사는 11시 열차로 일단 오사카를 향해 서둘러 출발했다. 그런데 동 교사가 출발한 후, 교감 차석(次席) 야마구치(山口) 교사 지휘하에 개교 준비로 정신 차릴 사이도 없이 몹시 바쁠 때, 동교(同校) 직원 화장실에서 고참 여교사 도라마 도라코(虎間トラ子, 42)가 목을 매고 죽은 것을 청소 고용인에 의해 발견되어 교사 일동을 경악하였다. 그사이 개교 준비를 위해 출근하던 동교 서기(書記)로서 모리스 교장과 함께 30년간 학교의 명물이 된 꼽추남자 가와무라 히데아키(川村英明, 51)가 어느 틈엔가 자취를 감춘 것을 출장 간 경찰관이 간파하고, 조사해 보니 뜻밖에도 학교 금고 안에 보관되어 있던 모리스 교장 농상 건설비 5,000엔 남짓 및 교우회비 820엔이 들어있는 통장이 분실되었다. 예금을 맡긴

간교긴코(勸業銀行)에 문의했더니 정오쯤 가와무라 서기가 은행에 와서 예치금 거의 전액을 인출하여 창황(愴惶)[11]한 태도로 떠나간 것이 판명되었다. 또한 시외 짓켄야(十軒屋)에 거주하고 있던 가와무라의 처 하루(ハル, 47)도 가재도구를 버리고 여장을 꾸려 행방을 감춘 점 등이 계속해서 판명됨에 따라 한층 더 소동은 커지고, 동교(同校) 전 직원을 대상으로 한 심문 및 취조가 개시되어 그 학교의 수업 개시는 당분간 곤란할 것으로 판단되었다.

이와 관련하여 목을 매고 죽은 도라마(虎間) 여교사와 도망친 가와무라 서기는 평소부터 모리스 교장을 신처럼 숭배하고 있었고, 두 사람 모두 교장의 행방을 가장 진지하게 걱정하고 있다고 해서, 이런 경우 가장 기뻐하고 안심해야 할 텐데 동 교장의 행방이 판명되자마자 서로 이런 모순된 행동을 보인 것은 더욱 더 기괴한 사건이라고 할 만큼 무엇인가 그 이면에 중대한 비밀이 잠재되어 있다는 상상을 할 수 있었다. 또한 미쳐 날뛰는 모리스 교장이 오사카에서 무심코 말한 아마카와 가에(甘川 歌枝)라는 여성은 동교(同校)의 금년도 졸업생으로 운동 경기에 뛰어난 사람이었는데 전부터 '화성 씨'라는 별명이 있었다. 졸업 후 얼마 지나지 않아 오사카의 모 신문사에 취직했는데, 모리스

---

11) 창황(愴惶) : 미처 어찌할 사이 없이 매우 급작스러운 것.

교장은 미쳐 날뛰고 난 후 그녀의 행방을 물으면서 이 지역에 간 것으로 보인다. 따라서 미스 구로코게(黑焦) 사건과 아마카와 가에 사이에 어떤 밀접한 관계가 없다고 가늠하기 어려워 목하 당국에서도 신중하게 조사 중에 있다.

모리스 교장의 모자
십자가 위에
소지자 불명의 꽃 비녀와 함께 시내
천주교회에서 발견되다

모자 앞 차양에 남는 의문의 이틀

현립(縣立) 고등여학교(高等女学校)는 이미 보도한 바와 같이 지난 3월 26일 괴화(怪火, 원인 불명의 화재) 이후 '미스 구로코게(黑焦)', '교장 실종', '동 교장의 발광(發光)', '도라마(虎間) 여교사의 액사(縊死, 목을 매서 죽는 것)', '가와무라(川村) 서기의 거금 괴대(拐帶, 위탁을 받은 금품을 가지고 달아나는 것)' 등의 괴사건(怪事件)이 연속적으로 야기되고 아직도 원인 불명의 화재 원인도 판명되기 전에 동교(同校)야 현과 경찰 당국을 미증유(未曾有)[12]의 혼미의 소용돌이에 끌어들이고 있지만, 나아가 또한 최근에는 앞에서 언급한 노리스 교장이 믿기를 마다하지

---

12) 미증유(未曾有) : 지금까지 한 번도 있어 본 적이 없는 것.

않았던 천주교회 안에서 뜻밖의 괴사건(怪事件)이 파생되는 바람에 관계자 일동을 더욱 더 가일층 혼미에 빠뜨리려고 있다. 오늘 5일 오전 10시경 시내 해안도로 니초메(二丁目) 41번지 네 모퉁이, 천주교회에서는 일요일이라서 평소처럼 신자들이 참집(參集)13)모여드는 것을 기다리고 기도회를 개최하려고 예배당 정면의 제단 문을 열었더니 정면 제단 중앙에 안치된 은 십자가 위에 별로 보지 못한 검은색 중산모자와 빨간 조팝나무에 은제의 술이 달린 것을 늘어뜨린 꽃 비녀가 꽂혀 있는 것을 발견하고 크게 놀라 그것을 아래로 내려놓고 조사했더니, 그 중산모자의 안쪽에 있는 서명에 의해 동 교회의 독실한 신자인 모리스 교장의 소지품인 것이 판명되었다. 또한 꽃 비녀의 소유자는 목하 불명이지만 그대로 중산모자와 함께 부근 파출소를 거쳐 경찰서에 신고해서 경찰에서는 긴장하고 있을 때인지라 내버려 둘 수 없다고 하여, 곧바로 동 교회에 출장 가서 참집(參集)하는 사람의 출입을 금하고 엄중한 조사를 했지만 동 교회, 예배당 내부에 이상히 여길 만한 점이 한 곳도 없고, 같은 날 예배당에 가장 먼저(9시경) 들어온 신자 모 여성도 처음부터 제단 문에 접근한 사람을 알아차리지 못했다고 해서, 빈손으로 철수했다. 그런데 위의 중산모자를 경찰서에 가지고 돌아가서 상세하게

---

13) 참집(參集) : 모여드는 것.

조사한 바, 앞 차양에 꽉 깨문 앞니와 송곳니 흔적이 있었다. 게다가 그것은 매우 튼튼한 소년의 이틀인 것이 전문가 의견에 의해 확정되어 또다시 새로운 센세이션을 일으키게 되었다. 즉 추정된 교회에 침입한 괴소년이 과연 현립 고등여학교의 괴이한 화재 사건 이후의, 각종 괴기한 사건과 연쇄적인 관계를 지니고 있다고 한다면, 도라마(虎間) 여교사의 액사(목을 매고 죽은 것), 가와무라 꼽추 서기(書記)가 도망친 이후, 이상 두 사람을 앞에서 언급한 각종 사건의 막후 인물이 아닌가 하고 의심하던 사람들도 여기에서 추정의 근거를 잃은 것으로 그 중의 어느 것이 진실인지를 고찰하는 것은 전혀 불가능한 것 같아, 관계 당사자 일동은 또다시 오리무중 속에 내던져진 상태에 빠져 있다.

의외! 구로코게(黒焦) 범인은
겐시가쿠(県視学)[14]의 영애(令愛)?
어머니와 함께 행방을 감추다
아버지 겐시가쿠(県視学)는 인책(引責) 각오

어제 보도에서, 시내 해안도로 천주교회 안의 '모자 꽃 비녀 사건' 이후, 경찰 당국에서는 이미 보도한 '검게 탄 사건'에 대한

---

14) 겐시가쿠(県視学) : 메이지(明治) 30년(1897년)에서 쇼와(昭和) 20년(1945년)까지 현(縣)의 학사 시찰, 학교 교직원의 감독 그밖에 학사에 관한 사무에 종사한 관리로 현지사(県知事) 아래에 속한 지방 관리.

유력한 수사 힌트를 얻은 듯, 당시 최초로 동 교회 안에 들어온 모 여성 즉 도노미야 아이코(殿宮アイ子, 19)라는 소녀를 동 교회 내의 별실에 데리고 가서, 엄중한 취조를 행한 것 같은데, 이상의 취조 속행 사정상, 오후 3시경, 앞에서 언급한 아이코에 일단 귀가를 허락했지만, 그녀는 대담하게도 엄중한 감시의 눈을 피하면서 중병으로 누워있던 어머니를 데리고 한 통의 유서와 같은 것을 그녀의 아버지, 도노미야 아시로(殿宮愛四郞) 씨 앞으로 남기고 어딘가로 모습을 감추고 말았다. 이 중대한 실태(失態)[15]에 관해 경찰 당국은 무슨 까닭인지 입을 다물고 한마디도 안 하고, 수색 지시를 한 상황이 없는 것은 아무리 생각해도 괴상망측한 일이라고 해야 하는데, 사람들도 아는 바와 같이 그녀의 아버지 도노미야 아시로 씨는 현(縣)의 겐시가쿠(県視学)로 현 중앙 정계의 대가(大家)라고도 할 만한 대훈위(大勳位)[16], 공작, 도노미야 다다스미(殿宮忠純) 노 원수(元帥)의 적손(嫡孫)[17]에 해당하는데, 의외의 비극에 직면하여 슬픔에 잠겨 있으면서도 해당 유서 내용의 중대성을 감안하여 가문의 명예를 위해 인책사식을 결심했다고 방문한 기자에게 말했다.

"정말 면목이 없습니다. 그러나 딸이 살인 방화 등과 같은 엄

---

15) 실태(失態) : 본디의 면목을 잃거나 또는 모습.
16) 대훈위(大勳位) : 일본 최고의 훈위.
17) 적손(嫡孫) : 적자의 적자.

청난 죄를 저지를 수 있으리라고는 도저히 생각되지 않습니다. 화성의 여자 즉 아마카와 가에와 딸 아이코가 현립 고등 여학교 재학 중에 둘도 없는 친구였다는 이야기도 지금 막 처음 들었을 정도입니다. 물론 두 사람 사이에 사랑의 원한 같은 꺼림칙한 사실이 있었는지 여부에 관해서도 짐작 가는 데가 없으니 단지 놀라고 있을 뿐입니다. 경찰에서 조심하기도 딸의 장래 행복을 위해서도 이런 일은 되도록 발표하고 싶지 않으니 부디 여기에서만 하는 이야기로 들어주시기를 부탁드립니다. 무슨 까닭에 엄마만 데리고 가출했는지 그 원인도 현재로서는 확실치 않습니다. 현재까지 아무런 비밀도 풍파도 없이 살아온 집사람과 딸에게 갑자기 뜻하지 않게 버려진 저는, 단지 어찌 할 바를 모르겠습니다. 집사람 도메(トメ)도 딸 아이코도 상당한 저축이 있을 테니까 당분간 생활하는 데에는 곤란을 겪지 않겠지요. 어디로 갔는지 마음에 집히는 데는 전혀 없습니다. 물론 저는 인책 사직을 하고 싶다는 생각을 가지고 있습니다. 그러나 이것도 정식으로 공표될 때까지는 역시 이 담화와 함께 비공식적인 것으로 부탁합니다. 운운."

또한 영애 아이코의 유서 내용은 다음과 같다

아버님. 오랫동안 키워 주셔서 감사합니다. 어머님과 아이코는 아버님께 이루 말할 수 없는 폐를 끼치고 싶지 않고 더 이상 어머님을 슬프게 해서 병환이 깊어지는 것을 바라고 있지 않아 오늘을 마지막으로 작별을 고하겠습니다. 머리 숙여 지금까지 베풀어주신 은혜에 대해 감사의 말씀을 올립니다.

모교에서 일어난 모든 사건은 저의 미거한 책임에서 야기된 것입니다. 불에 타신 분은 아마카와 가에(甘川歌枝) 씨이고 자살임에 틀림없다는 것을 제가 보증합니다. 제가 조금 더 일찍 아마카와 가에 씨의 자살 결심을 알아차렸다면 이번과 같은 일은 하나도 일어나지 않았을 텐데 안타깝습니다. 또한 금일 모리스 교장 선생님 모자, 어딘가의 무희(舞姬)의 꽃 비녀를 십자가에 꽂아 둔 사람이 다름 아니라 저라는 것은 그 이유와 함께 경찰 분에게 자백해 두었습니다. 그리고 경찰 분은 아버지에 관해 의외의 질문을 여러 가지 하셨는데 아무것도 모르니 대답하지 않았습니다. 경찰 분은 자살하신 아마카와 가에 씨의 투서에 의해 아버님의 이면의 생활을 상세히 아시는 것 같사오니 참고하시라고 덧붙여 말씀드립니다.

그러나 저는 결코 자살 같은 것은 하지 않겠습니다. 어딘가에서 어머님 병환이 완전히 나으실 때까지 평안한 상태에서 간호해 드리고 싶은 일념으로 집을 나왔사오니 이후에도 저희 행방을 절대로 찾지 말아 주시기 간청 드립니다. 또한 제가 기이한 행동을 한 이유에 관해서도 물론 절대로 찾지 마시기를 거듭 부탁드립니다. 그것이 아버님께도 저한테도 행복하다고 생각하기 때문에.

아무쪼록 건강에 유의하시기 바랍니다.

아이코 드림

아버님 전상서

이와 관련하여 상기 도노미야 아이코(殿宮アイ子)는 현립 고등여학교 재학할 때 동교(同校)의 명성(明星)이라고 불린 미인으로 성적 발군(拔群)18)의 명예를 걸머진 재원이다.

모리스(森栖) 교장 선생님
화성 여자 드림

저는 너무 기뻐서 가만히 있을 수가 없습니다. 이렇게 교장 선생님에게 복수할 수가 있어서 ….

저는 진짜 '화성 여자(火星の女)'이었기에 그야말로 하늘 위까지 날아 올라가서 기뻐할지도 모릅니다.

제 시신은 아마 누군지도 알 수 없는 정도로 시커멓게 타서 발견되겠지요. 그리고 신문에서 난리를 떨며 쓰겠지요.

저는 제 친구에게 부탁했습니다.

화성의 여자 "내가 이 편지를 쓰기 시작한 24일 오후부터 꼭 1주일 되는 31일 저녁때 이 편지를 속달로 교장 선생님에게 부쳐 줘."

그러면 … 그리고 교장 선생님이 내 검게 탄 시신을 보시고도 … 그리고 이 편지를 읽으시고도 반성하시지 않고 모르는 체하시거나 태연하게 어물어물 넘기려고 하시는 것 같다면, 만일의

---

18) 성적 발군(拔群) : 성적이 특별히 뛰어난 것.

경우에 대비하여 써 둔 다른 한 통의 편지를 경찰서로 부쳐 놓겠습니다. 그리고 그래도 이 사건의 진상이 세상에 발표되지 않고 교장 선생님과 한패가 되어 비열하고 뻔뻔한 짓을 하시는 분들이 교장 선생님과 함께 이 사건을 휘지비지 하시려는 상황을 알았다면 그런 관계와 신문기사를 막기 위해 이것과 같은 또 한 통의 복사를 차질 없이 어떤 방면에 미리 손을 써서 아주 늦게 발표해 주시도록 부탁해 두었습니다. 내 검게 탄 시신에 관련된 교장 선생님의 책임을 끝까지 명확히 하는 절차가 빈틈없이 준비되어 있습니다. 내 친구는 머리가 좋고 결심이 굳은 분이라서 이 마지막 한 통이 막히는 실수는 결코 하시지 않겠지요.

　나는 내 일생을 허무하게 검게 태우고 싶지는 않았습니다. 나는 교장 선생님과 함께 부패하고 타락한 현대의 제멋대로 행동하고 끝까지 이기주의로 통하는 남성분들에게 하나의 돈복약(頓服藥) 19)으로 '화성 여자가 검게 탄 것'을 한 봉지씩 드리고 싶습니다. 검게 타는 것의 유행 시기이오니 전혀 효과가 없지는 않을 것입니다.

　― 화성 여자가 검게 탄 것 ―
　이 얼마나 진귀한 약이지 않습니까? 어쩌면 이집트 미라의

---

19) 돈복약(頓服藥) : 발작하거나 증상이 심할 때 필요한 타이밍에만 사용하는 유형의 약을 가리키는데, 대표적으로 설사약 등을 들 수 있다.

한 조각보다도 고가의 것이 아닐까요?

드시고 난 후의 기분은 어떠십니까?

필시 상쾌하셔서 마음 구석구석까지 시원해지시지 않을까요?

<u>호호호호호. 호호호호호</u> ….

바로 저 … 검게 탄 화성 여자의 복수를 이렇게 도와주실 내 친구가 누구실까 하는 것은 생각하지 않으시는 게 좋겠지요. 만일 그것을 아셔도 그냥 놀라실 뿐 손을 쓸 수가 없으니 곤란해지시기만 할 것입니다.

그분은 나처럼 길가는 도중에 생긴 일로 선생님을 원망하시지는 않습니다. 그분은 폐병으로 누워 계신 친어머님과 교장 선생님에게 유혹당해 무정한 방탕만을 일삼고 계신 의붓아버지를 모시면서 그런 사정이 세상에 알려지지 않도록 하녀도 두지 않고 묵묵히 즐겁게 일하고 계신 참으로 드문 효성스러운 분입니다. 그리고 그분의 어머님을 그런 운명에 빠뜨린 악마를 항상 마음속으로 찾고 또 찾고 계신 분입니다. 따라서 그분은 나한테서 그 악마의 이름을 들으시자마자 어머님의 원수를 갚고 싶다 … 의붓아버지가 몰래 즐기는 유흥을 간언하시고 싶다고 해서 내 부탁을 맡아 주신 것입니다.

달리 말씀드리면 그 어머님의 마음이 자상하시기에 그분은 교장 선생님에 대해 과감한 수단을 취할 수 없으신 것입니다.

그래서 내가 그분 대신 검게 타게 된…셈입니다. 이해되십니까?…내가 검게 탄 의미를….

아니오. 교장 선생님에 대한 우리 원한은 우리 두 사람이 둘 다 검게 타 버려도 아직도 성에 차지 않을 것입니다.

아시겠습니까? 이렇게 내 복수를 도와주시는 분이 어느 분인지….

자부심이 센 교장 선생님은 아직 당신의 지혜를 굳게 믿고 계신지도 모릅니다. 그분이 이렇게까지 심하게 선생님을 원망하시는 것 등을 아직 알아차리시지 못할지도 모릅니다만, 그래도 이 편지를 보고 계시는 동안에 점점 알게 되실 것입니다.

반복해서 말씀드립니다. 교장 선생님은 그냥 잠자코 '검게 탄 소녀'의 복수를 받으실 수밖에 없습니다. 그것이 눈에 보이지 않는 정의의 제재라고 생각하시고 '검게 탄 소녀'의 요구대로 당신의 죄를 솔직하게 발표하고 사회에서 몰래 모습을 감추시는 것밖에 달리 방법이 없는 것을 각오하셔야 합니다.

하지만 이 편지를 쓰고 있는 저…'검게 탄 소녀'의 정체가 누구라고 하는 것은 이미 헤아리시겠지요. 그리고 바로 그 나약하고 정에 무른 '화성 여자'가 어째서 이렇게 무섭고 턱없는 짓을 할까 생각해서 부들부들 떨고 계시겠지요.

모리스 교장 선생님….

선생님은 제 은사입니다. 남성의 연장자입니다. 일찍이 사모님과 자제님이 돌아가시고 나서 열성적인 기독교 신자가 되어 교육 사업에 평생을 바치겠다고 말씀하신 훌륭한 분입니다. 그래서 세상 사람들이 교육자의 규범이라고 부르고 여러 차례 표창을 받으신 위대한 분입니다.

그런 분에게 설령 어떤 박해를 받았어도 복수를 하려고 하는 것을 꾀하는 것은 옳은 일이 아니라고 생각하는 분이 있을지도 모릅니다.

하지만 모리스 선생님 ··· .

저는 선생님께서 이름을 붙여 주신 대로 '화성 여자'입니다. 따라서 인간세계의 남성의 횡포 ··· 남성에게만 허용된 악덕에 한 번 대담한 반역을 해 보여 세상 사람들을 깜짝 놀라게 하고 싶어졌습니다. 여성을 위한 5·15사건(五·一五事件)[20]을 일으켜서 이 세상이 남성만을 위한 세계가 아닌 것을 뼈저리게 느끼게 하고 싶어진 것입니다.

특히 선생님 같은 남성 악덕의 대표자 같은 분이 모범 교육자로서 천 명에 가까운 젊은 여성을 지도해 나가시는 것은 일본에

---

20) 5·15사건(五·一五事件) : 쇼와(昭和) 7년(1932년) 5월 15일, 해군 청년 장교·육군사관학교 생도들이 수상 관저 등을 습격해서, 이누카이 쓰요시(犬養毅) 수상을 사살한 사건. 군부를 이것을 이용하여 정당 내각에 종지부를 찍고 군부 독재정치로 한 걸음을 나아갔다.

태어난 저로서는 도저히 참을 수 없는 일입니다.

  교장 선생님의 손이 슬쩍 저를 건드리기만 해도 얼마 안 있어 검게 타서 교장 선생님을 저주해야 하게 된 제 심각한 운명 이야기를 들으셔도 교장 선생님은 정말 마음으로부터 깜짝 놀라실까? 당신들…남성에게만 편리한 도덕관념과 그런 상식만을 발달시키고 계신 일본 남성은 '화성 여자'의 사명을 아실까요?

  그래도 저는 설명해야 합니다. 그렇지 않으면 제가 한 것을 하찮은 감정 폭발에서 나온 일시적 꼼수 정도로 여기고 경멸하시면 안 되니까요…. 저는 검게 탄 제 시신의 저주가 얼마나 진지한 기분의 것입니까?…우리 원한의 내용이 얼마나 심각하고 잔학무도(残虐無道)한 것인지, 교장 선생님이 하신 방식에 대한 반항을 이 편지로 증명해야 합니다.

  '화성 여자'의 명예를 위해….
  그리고 검게 탄 여자의 맹세를 위해….

  저는 어릴 때부터 '꺽다리'라고 불렸습니다. 지금 어머니(계모)가 낳은 배다른 여동생이 두 명 있는데, 둘 다 보통 키와 몸집의 여자인데 어째서 저만 이런 몸을 갖추고 태어난 것인지 이상해서 견딜 수 없습니다. 그렇다고 하더라도 진짜 아버지 이야기에 의하면 제가 태어났을 당시에는 육백 몬메(匁)[21][약 2킬로 230그램]

될까 말까 하는 보통보다도 훨씬 작은 조산아 같이 허약한 갓난아이였다고 하는데 대여섯 살 때부터 쭉쭉 커지기 시작했습니다. 처음 초등학교에 들어갔을 때에는 채플린 수염을 한 담임 선생님이 저를 보고 엉겁결에,

 "허어-. 정말 크네-."
라고 웃으셨지만 나는 어린이이면서도 그 채플린 수염 선생님의 웃는 얼굴에 일종의 치욕을 느꼈습니다. 제가 자신에 관해 치욕을 느낀 것은 이때가 처음이었다고 생각합니다. 저는 그때부터 여러 가지 의미에서 이런 치욕을 계속 받았습니다.

그 초등학교 교장 선생님도 저를 처음 보셨을 때 같은⋯그래도 불쌍한 듯이 웃는 얼굴을 하셨습니다. 그리고 제 이름을 금방 기억해 주셨습니다. 그러고 나서 잠깐 오신 시가쿠칸(視学官) 분께서도 곧바로 기억하고 가신 것 같은데 그것은 제 성적이 작문과 습자(習字)[22], 그리고 도화(図画)[23]와 체조를 제외하고 반에서 가장 꼴찌였던 탓만은 아닌 것처럼 생각합니다. 제 이름은 금세 전교 학생들에게 널리 알려졌습니다.

---

21) 몬메(匁) : 몬메(匁)는 일본식 한자로서, 일본의 척관법(尺貫法)의 무게의 단위를 나타낸다. 1몬메(匁)는 1관(貫)의 1000분의 1이고 약 3.75그램에 상당한다.

22) 습자(習字) : 글씨 쓰기를 배워 익히는 것. 특히 붓글씨를 연습하는 것을 가리킨다.

23) 도화(図画) : 그림을 그리거나 또는 그려 놓은 그림을 말한다.

"꺽다리 아마카와 가에 아이 …
사다리를 걸고 머리를 묶고"

라고 윗학년 남자 학생들이 멀리서 웃거나 했습니다. 저는 마음이 약한 아이여서 처음에는 울고 학교에 안 간다고 했지만, 그러는 사이에 점점 익숙해져서 아무리 심한 말을 들어도 쓸쓸하게 웃으며 돌아다볼 수 있게 되었습니다.

제가 가장 인기가 있었던 것은 운동회 때였습니다. 저는 2학년 무렵부터 6학년 남자 중의 가장 빠른 학생도 이길 정도로 달릴 수 있어서 '후생가외(後生可畏)[24]'라는 제목과 함께 제 사진이 신문에 나온 적도 있는데 한여름의 햇볕 아래에서 찍힌 찡그린 제 얼굴이 또 너무 웃긴다고 해서 제 부모님까지 배를 잡고 웃어서 저는 2, 3일 동안 거울만 보고는 몰래 울며불며했지만, 그때의 한심스러운 제 추억을 이야기해도 누가 동정해 주셨겠습니까? 다시 한번 배를 잡고 웃으시기만 했겠지요.

저는 철이 들기 전부터 사람들에게 조롱받기 위해 태어난, 못생기고 썩나리인 자신을 전부 알아야 했습니다.

---

[24] 후생가외(後生可畏) : 『논어』의 「자한편(子罕篇)」에 나오는 성구인데 젊은 후학들을 두려워할 만하다는 뜻으로, 후학들이 선진들보다 학문을 닦음에 따라 큰 인물이 될 수 있으므로 가히 두렵다는 것을 가리킨다.

저는 심상(尋常)소학교25) 6학년 무렵부터 신체시(新体詩)26)나 소설을 탐독하게 된 것은 그런 슬픔과 외로움이 쌓이고 쌓인 탓이 아닌가 생각합니다. 즉 저는 여러분들 덕택에 보통 사람과는 다르게 일찍부터 외로운 외톨이의 문학소녀가 되고 말았던 것입니다.

현립(県立) 여자고등학교에 들어가고 나서는 그다지 노골적인 모욕을 받지 않았습니다. 하지만 거기에는 더욱 더 심각한 치욕과 혐오가 저를 기다리고 있었습니다.

같은 반에서도 저와 정반대로 가장 아름답고 가장 잘 하는, 어떤 단 한 사람을 제외한 나머지 사람들은 선생님도 같은 반의 사람들도 모두 제게 상냥한 말 한마디 걸어 주시지 않았습니다. 모두 이상하게 저로부터 멀리 떠나서 기묘하고 차가게 웃는 얼굴을 하고 저를 보고 계시는 것처럼 느꼈습니다. 당신들의 기량과 학교의 성적만을 열심히 경쟁하고 계신 분에게는, 제가 왠지 모르게 열등한 불구자처럼 생각된 것이지요. 저와 이야기하시

---

25) 심상소학교(尋常小学校) : 구제도의 소학교(小学校, 초등학교).
26) 신체시(新体詩) : 메이지(明治) 후기, 구어(口語, 현대어) 자유시가 나타나기 이전의 문어(文語, 고전어) 양식의 정형시로 대개 7.5조로 메이지 15년(1882년) 도야마 마사카즈(外山正一) 등의 『신체시초(新体詩抄)』에서 시작되어, 기타무라 도코쿠(北村透谷)·시마자키 도손(島崎藤村)·도이 반수이(土井晩翠) 등의 시작에 의해 발전되어 이윽고 근대시 확립과 함께 단순히 '시(詩)'라고 불리게 되었다.

는 것은 일종의 치욕인지 뭔지 생각하고 계시는 것 같았지만 그래도 서로 경쟁하는 테니스, 배구, 달리기 등이 가까워지면 선생님도 급우들도 위 학년 학생까지도 모두 제 주위에 여럿이 몰려들어 추어올리시는 것이었습니다. 저를 하나님이나 뭔가 같이 소중하게 다루고 생달걀과 과일 등을 특별히 많이 주시고 비위를 맞추면서 억지로 끌어내셨습니다. 제가 꺽다리의 못생긴 모습을 부끄러워하는 기분 같은 것은 전혀 헤아리지 않고…당신은 전교의 명예입니다…라든가 뭐든가 계속 반복해서 말씀하셨습니다.

하지만 그 경기가 끝난 이튿날이 되면 더 이상 누구 하나도 저를 돌아다보시지 않았습니다. 저라는 학생이 있던 것조차 잊고 계신 것처럼 멀어져 버리셨습니다.

제가 다른 학교 선수와 싸워서 쭉쭉 상대를 압도하거나 앞질러나갈 때 손뼉 치며 몹시 기뻐하시는 선생님과 학생들의 목소리로부터도 참을 수 없을 모욕을 느끼게 되었습니다. 저는 화장실 안에서 하급생들이 이런 대화를 하는 것을 들었습니다.

"화성인은 굉장해."

"어머…누구를 말하는 거야?…화성인은…."

"어머나…몰라? 아마카와 가에 씨 말이야. 그 사람은 화성에서 온 여자야. 그래서 전 세계 어떤 선수가 와도 이길 수가 없대, 교장 선생님이 말씀하셨어. 그래서 다들 요전부터 화성인, 화성인이라고 말하고 있어."

"어머! 교장 선생님 너무 심하네. … 하지만 별명이 기가 막히네. 아마카와 씨의 그 그로테스크(grotesque)[27] 느낌이 잘 나와 있네."

하지만 마음 약한 저는 또다시 속거나 추켜세워져서 1년에 몇 번 경기에 끌려나갔습니다. 마음속에 있는 차가운 공허함을 느끼면서 … .

학교 운동장 쭉 맞은편의 높은 방화벽에 둘러싸인 한쪽 구석에 헛간 오두막집으로 되어있는 폐가가 있습니다. 원래는 학교 작법 교실이었다고 하는데 지금은 벽도 기와도 떨어져서 냉이가 가득 나 있고 기둥도 계단도 흰개미가 갉아먹어 다다미가 함정처럼 부글부글 가라앉아 있습니다.

저는 쉬는 시간이 되면, 자주 화장실 뒤를 통해 궁술도장의 널판장 뒤에 숨어 그 폐가의 2층에 올라갔습니다. 거기에 놓여 있는 너덜너덜한 등나무 안락의자에 몸을 누이고 상반 뼈대만 남은 빈지문 너머로 방화벽 위의 파랗고 파란 하늘을 가만히 바라다보는 것이 하나의 낙으로 삼고 있었습니다. 그리고 내 마음 깊숙이 가로놓인 몹시 크고 몹시 차가운 공허함과 그 파란하늘

---

27) 그로테스크(grotesque) : 괴기한 것, 극도로 부자연한 것, 흉측하고 우스꽝스러운 것 등을 나타내는 것.

건너편에 있는 끝없는 공허를 비교하며 여러 가지를 생각하는 것이 습관처럼 되었습니다. 그것도 처음에는 내 불구같이 보이는 커다란 모습을 운동장에 드러내고 싶지 않은 기분에서 그렇게 한 것인데, 나중에는 그것이 누구에게도 말을 못 하는 내 비밀스러운 낙이 되어 버렸습니다.

내 마음속의 공허함과 파란하늘 건너편의 공허는 아주 똑같은 것이라는 것을 점차 강하게 느끼기 시작했습니다. 그리고 죽는다는 것은 '아무것도 아닌 일'처럼 생각되었습니다. 우주를 흐르는 커다란 허무… 시간과 공간 이외에 아무것도 없는 생명의 흐름을 나는 통절히 가슴에 느끼는 여자가 되었습니다. 내가 태어난 고향은 바로 그 넓은 하늘 건너편에 있는 소리도 향기도 없는 허무 세계임에 틀림없다는 것을 저는 확실히 깨닫게 되었습니다.

많은 사람들은 그 시간과 공간의 정말 커다란 허무 속에서 날거나 뛰거나 울거나 웃고 계십니다. 동창인 소녀들은 각자 자기가 좋아하는 잡지나 서책이나 활동사진(영화) 전단 같은 것을 기분 내키는 대로 가지고 다니며 예쁜 화장술과 편물 또는 여러 가지 낭만적인 꿈같은 것에 동경하고 계십니다. 단 것에 모이는 개미처럼 또는 꽃 찾아다니는 나비처럼 행복하게… 즐겁게… .

제게는 그런 것이 전부 무의미하게 보이기 시작했습니다. 내 마음속의 허무의 흐름과 우주의 허무의 흐름이 갈수록 딱 들어맞게 되었습니다. 그리고 나는 방과 후 날이 저물 때까지 그 폐가의 너덜너덜한 등나무 의자 위에 몸을 펴고 왠지 모르게 배어 나는 외롭고 외로운 눈물로 자신을 위로하는 것이 가장 즐거운 낙이 되었습니다.

하지만 그런 제 비밀스러운 낙은 얼마 지나지 않아 엄청난 일로 방해받게 되었습니다. 거의 썩어가고 쓰러져가고 갖가지 잡동사니와 흰개미와 먼지로 가득 찬 폐가는, 마치 해안도로 네 모퉁이에 우뚝 서 있는 빨간 벽돌의 천주교회가 교장 선생님의 여러 미덕의 집인 것처럼 훨씬 전부터 교장 선생님의 각종 악덕의 소굴이 되었습니다. 교장 선생님이 교범 교육자로서의 체면을 모든 분야에 유지하시면서 그 이면에 온갖 돈과 여성들에 대해 상상도 할 수 없는 못된 꾀를 부리시기에는 그 폐가가 꼭 필요했습니다. … 그래서 교장 선생님은 무슨 일이 있어도 그 폐가를 철거하는 것을 좋아하시지 않았던 거지요. "초가지붕은 화재에 위험하니"라고 하며 경찰이 성가시게 말해도 헛간 건축비가 없으니라고 하며 현(県) 당국을 오랫동안 난처하게 만드신 것입니다.

그 인연이 깊은 악덕 소굴 속이라고는 꿈에도 모르고, 매일매일 수양하러 와 있던 제 어리석음… 흔들거리는 등나무 의자

아래에서 얼마 안 있어 어떤 악마의 날갯짓이 들려왔는지? 그리고 그 악마의 날갯짓은 나를 도망치려고 해도 도망칠 수 없는 이 세상의 지옥 속으로 얼마나 무자비하게 때려서 떨어뜨렸는지? 이렇게 검게 타서라도 청산하지 않으면 다 청산할 수 없을 정도의 시련 속으로 저를 몰아넣고 간 것인지?

날갯짓의 주인은 시커먼 털투성이의 곰 같은 교장 선생님과, 눈도 입도 없는 새하얀 머리를 또 하나 등에 붙이고 계신 가와무라 서기 … 그리고 또 한 사람, 나중에 나오시는 도라마 도라코 선생님 … 요크셔종 돼지처럼 못생긴 뚱뚱이 … 우리 영어 선생님 … 이 세 명이 바로 그 폐가에 남몰래 소굴을 이루고 있던 악마였습니다.

그 폐가의 2층을 제가 소중한 명상의 도량으로 삼은 것을 꿈에도 모르시는 교장 선생님과 꼽추 노인인 가와무라 서기는 늘 학기말이 가까워진 방과 후가 되면, 직원 화장실 옆의 칸나의 나뭇잎 그늘에서 통행금지의 궁술도장의 널판장 그늘을 타고 사이좋게 함께 몰래 들어오시는 것이었습니다. 그리고 제가 자고 있는 등나무 의자 바로 아래의 다다미 8장 깔개의 쓰레기더미 속에 앉아 여러 가지 일을 의논하시는 것이었습니다. 너무 자주 교내에 남아 서기와 밀담 등을 하시면 남아 있는 사람이나 숙직 선생님들이 묘한 의미로 보고 수상히 여길지도 모르고, 학교 밖에서도 세상 사람들의 눈이 성가신 것 같은 섬세한 교육자의 입장을 잘 아시는 교장 선생님으로서는 그 폐가는 정말 편리하기 그지없는 밀담의 장소였을 것입니다.

2층과 달리 아래층은 깨진 채로 유리문과 빈지문이 이중으로 닫혀 있으니, 약간 큰 소리도 좀처럼 밖으로 새지 않지만 그 대신 대부분의 소곤거리는 이야기도 2층에서 숨을 죽이고 있는 제 귀에 곧바로 들려왔습니다. 그리고 그 이야기는 대개 교우회비에 관련된 일뿐으로 두 분이서 그 속이는 방법을 열심히 연구하셨습니다.

저는 학교 그랜드 피아노가 삼천오백 엔이라고 장부에 잡혀 있는데 사실은 중고의 오백 엔인 것을 들었습니다. 졸업생의 기부로 생긴 정문 옆의 작법 교실의 건물과 비치된 물건이 표면상은 일만 이천 엔으로 되어 있는데, 사실은 칠천 몇 백 엔인가로 되었다는 수입 수지도 알았습니다. 그리고 교장 선생님이 교우회비를 유용해서 가와무라 씨의 남동생 이름으로 현물거래(실물거래)를 하여 돈을 벌어 꼽추인 가와무라 씨와 절반씩 나누고 계신 이야기도 들었습니다. 그리고 그 현물거래의 돈 마무리에 곤란을 겪었을 때를 대비하여, 전부터 준비하고 계신 정말 기묘하게 돈 버는 방식을 교장 선생님이 가와무라 씨에게 털어놓으시는 것을 똑바로 듣고 말았습니다.

물론 그것은 가와무라 씨가 깊이 파고드는 바람에 교장 선생님이 자백하신 일인데 교장 선생님은 전부터 교장 선생님의 인격을 더할 나위 없이 숭배하고 계시는 열렬한 기독교 신자이며 우리 5학년 영어를 가르치고 계셨던 도라마 도라코 선생님에게 알아듣게 말해서, 교장 선생님 동상을 세우는 것이 좋지 않으냐고 건의하게 시키셨습니다. 그리고 전 직원 선생님의 찬성 하에 전국에 흩어져 있는 졸업생들과 재학생 가정으로부터 기부를 모으셨더니, 그것이 대단한 반향을 불러일으켜서 이미 오천 엔 남짓의 돈이 가와무라 씨의 수중에 모였습니다.

　그래서 유지가(有志家)[28]들은 물론이거니와 조금만 더 노력하고 분발해서 교장 선생님의 동상을 입상(立像)으로 하고 싶다는 희망도 제기되었습니다. 그러나 교장 선생님은 왠지 모르겠지만 입상을 몹시 싫어하셔서 "저는 흉상으로 충분하다. 나는 원래 동상을 세울 만한 인물이 아니다. 입상 같은 것은 당치도 않다." 고 몹시 무섭고 사나운 얼굴로 굽히지 않고 주장하셨기 때문에 사이에 끼인 가와무라 서기는 대단히 곤욕스러워했습니다.

　하지만 교장 선생님이 그 입상을 싫어하시는 진짜 이유를 들어보니 다시 정말 어처구니없는 내막이 있었기 때문입니다.

---

28) 유지가(有志家) : 어떤 일에 뜻이 있거나 관심이 있는 사람.

교장 선생님의 흉상은 이미 2, 3년 전에 제대로 완성되어 교장 선생님 하숙집의 벽장 한구석에 하얀 헝겊에 쌓인 채, 먼지와 동록(銅綠)투성이가 되어 쓰러져 있었습니다. 그 뒷면 아래에는 현재 제실기예원(帝室技芸員)29)이며 제국미술전람회 심사위원으로 일본에서 제일 유명한 조소가(彫塑家) 아사쿠라 세이운(朝倉星雲) 씨의 성함이 분명히 음각되어 있었습니다.

약삭빠른 가와무라 서기는 어떤 요행으로 그것을 알아내신 거겠지요. 어떤 기회에 몰래 상경하여 아사쿠라 세이운 선생님을 만나 뵙고 그 조소(彫塑)의 유래를 여쭤보았더니, 아무것도 모르시는 아사쿠라 세이운 선생님은 시원스럽게 다음과 같이 대답하셨다고 합니다.

"예. 그것 말입니까? 그것은 제가 모리스 선생님에게 보은의 일단이라고 생각해서 만든 것입니다. 지난번 … 3년쯤 전이었나요? 어느 온천장에서 모리스 선생님의 편지가 왔는데, 부탁하고 싶은 일이 있으니 와 달라는 내용이어서, 즉시 가보니 자기 흉상을 만들어 달라고 부탁하셨습니다. 모리스 선생님은 제 어머니의 큰 외삼촌으로 제가 중학교를 나올 때까지 학비를 대 주신 큰 은인이니까, 어찌 아니라고 말씀드릴 수 있겠습니까? 곧바로 그 온천장 부근의 기와를 굽는 곳으로부터 이상적인 흙을 채취해 와서 일주일 정도로 흉상을 만들어

---

29) 제실기예원(帝室技芸員) : 메이지(明治) 23년(1890)에 제정된 제도로, 일본 왕실의 미술·공예품을 제작한 미술가. 종신 칙임(勅任) 대우로 연금이 지급되었다. 쇼와(昭和) 19년(1944년) 이후 소멸했다.

내고 약품 가게에 있는 석고를 전부 사 모아서 형을 떠서 도쿄에 가지고 돌아와 직접 감독하고 주조시켰습니다. 그리고 그대로 어디 전람회에도 출품하지 않고 직접 모리스 선생님이 계신 곳에 보냈는데 … 그렇습니까? 그러면 아직 세워지지 않았습니까? … 허 … 그렇습니까? 아니, 아니. 결례지만 사례 같은 것은 한 푼도 받으려고 생각하고 있지 않습니다. 모리스 선생님같이 덕망이 높은 분의 모습을 저 같은 사람 손으로 고향에 남길 기회를 얻은 것은 실로 불감청(不敢請)이언정 고소원(固所願)30)과 같은 명예입니다. 만일 그것이 학교 교정에 설치할 경우, 기초공사라든가 받침돌에 관해 용무가 있으시면, 부디 사양치 마시고 제게 알려 주시기 부탁드립니다. 절대로 폐를 끼치지 않을 테니, 제가 자비로 찾아뵙고 (신성한 장소의 둘레에 친) 울타리라든가 흉상을 깊이 끼워 넣는 정도 같은 것을 가능한 한 절약이 되도록 삼가 제가 지시했으면 합니다. 장인에게 맡겨 버리면, 동상의 배합이 나빠져서 모두 훼손될 우려가 있으니까요 … "

이것은 꼽추 가와무라 씨가, 세이운 선생님의 말 흉내를 내신 것을 제가 다시 말 흉내를 낸 이야기입니다만, 이 이야기를 들은 가와무라 서기는 교장 선생님의 수완이 대단한 것에 새삼 감탄하셨습니다. 그리고 의외로 기부가 과도하게 모인 탓에 동상이 입상으로 될 것 같은 바람에 완전히 당황해서 애를 먹고 계시는 교장 선생님 편이 되기를 결심하셨습니다.

---

30) 불감청(不敢請)이언정 고소원(固所願) : 본디 바라던 바이나 감히 청하지는 못하는 것을 비유적으로 표현하는 것.

'이 무렵에는 상당히 유명한 사람들의 손에 상을 건립하게 되면 흉상 하나라도 오천 엔이나 일만 엔은 든다. 입상이 되면 이, 삼만 엔 정도는 어림잡아야 한다. 그래서 흉상만이라도 아직도 기부 금액이 부족하다….'는 말 등을 소곤소곤 설명하며 다녀서 결국 입상을 세우는 주장을 부수고 이미 다 만들어진 흉상을 사용해서 모아진 오천 몇 백 엔의 대부분을 둘이서 절반씩 나누는 계획을 완성하고 교장 선생님을 안심시키신 것입니다. 마침내 가와무라 씨는 그 폐가 속에서 이렇게 말씀하셨습니다.

"그런데 오는 3월 22일에 올해 졸업생의 사은회가 있습니다. 그때 우등생을 대표로 해서 기부금액을 선생님에게 바치게 시키겠습니다. 그래서 그 돈을 다시금 제게 맡기시고 동상 건설에 관한 모든 사무를 가와무라 서기에게 맡긴다고 한 마디 말씀해 주십시오. 그리고 제가 단상에 올라가서 마침 유명한 아사쿠라 세이운 선생님께서 고향의 출신이니, 제작을 담당하는 것을 부탁드리는 것으로 했다. 세이운 선생님께서는 기꺼이 맡아 주셨기 때문에 머지않아 완성될 것이라든가 뭔가 보고하고 박수를 치게 하면 이제 전부 우리 마음대로 할 수 있습니다. 일을 하는 방식에는 여러 가지 유파가 있으니 그 방식에 관해 말참견을 하지 말고 그 결과를 보고 판단해 주기 바랍니다."

그러나 제가 그 폐가 안에서 들은 이야기는 그렇게 다정한 이야기만은 아니었습니다. 때로는 두 분 모두 큰 소리로 말다툼하신 적이 두세 번이 아니었습니다. 그리고 그 덕분에 앞에 적은 바와 같은 이 학교의 갖가지 비밀이 점점 알게 되었습니다. 그러나 마지막에는 항상 교장 선생님 쪽이 양보하여 화해를 하셨습니다.

> **모리스** "알았어, 알겠다고. 잘 알겠다. 장부의 책임은 결국 자네 혼자가 책임을 지는 셈이니까. 무리한 말은 안 할 게. … 아냐. 알겠다, 알겠다. 알겠다고… . 그럼 이제부터 둘이서 화해하러 재미있는 곳에 갈까? 바로 그 온천 호텔 3층이라면 아무한테도 들키지 않아. 자네 …"
>
> **가와무라** "아뇨. 오늘은 이미 늦었으니 더 가까운 곳으로 하지요."
>
> **모리스** "뭘. 택시를 타고 빨리 가면 아무것도 아니야. 가까운 곳은 서로 얼굴을 알고 있으니 안 돼. 온천 호텔 3층이 좋아. 자네는 그 아이를 데리고 오게. 편하게 쾌락을 즐길 수 있는 멋진 곳이야. 지사나 현(縣)시가쿠(視学)도 몰래 가끔 와. 우리가 새로 발견한 곳이야."
>
> **가와무라** "허, 그렇게 호사스런 곳입니까?"
>
> **모리스** "호사고 뭐고 전부 남양식(南洋式)으로 되어 있는 향

>   락의 호화판이야. 계산은 내가 책임질 테니까 꼭 그
>   녀를 잡아끌고 오게."
> **가와무라** "애해. 황송합니다."
> **모리스** "아니. 그녀는 재미있어. 꽤 별나. 나도 오늘밤은 더
>   젊은 애를 데리고 갈 게."

라는 이야기도 무슨 숙명처럼 이상하게 제 귓속에 남아 있었습니다. 그런 이야기를 한데 모아 생각해 보면, 교장 선생님은 당신의 명예와 지위를 이용해서 학교를 돈벌이의 도구로 사용하고 계시는 것이었습니다. 그리고 그런 돈을 써서 어딘가 비밀 장소에서 친구분을 불러 놀고 계셨습니다.

하지만 저는 전혀 놀라지 않았습니다. 눈물을 잘 흘리는 마음 약한 소녀인데도 불구하고 그런 무섭고 야비한 이야기를 듣는 것이 정말 재미있어 어찌할 바를 몰랐습니다. 그래서 결국 참을 수 없는 호기심에 사로잡힌 저는 그런 이야기를 듣고 나서 두세 번 학교에서 돌아오는 길에 온천철도를 타고 온천 호텔을 보러 갔다 왔습니다. 어떤 사람들이 오고 어떤 일을 하는 곳인지 전부 확실히 보고 왔는데 그런 것을 보거나 들은 것이 무엇보다도 커다란 수양이 되었습니다. 즉 그런 식으로 한없이 비참한 세상의 모습을 알게 되는 동안, 제 마음속에 퍼져 있는 허무의 흐름이 드디어 확실히 거울처럼 맑아지는 것이었습니다.

저는 세상에 대해 더할 나위 없이 확고히 강해졌습니다. 아무리 비웃음을 받아도 경멸을 당해도 저는 아무렇지도 않게 미소 지으며 돌려줄 수 있게 되었습니다. 세상 사람들이 … 이 지구 전체까지가 커다란 허무 속에 슬려 있는 작은 벌레 떼로 보이기 시작했습니다. 그리고 그런 허무 속에서 태연하게 못된 짓을 하는 벌레라면, 나도 아무렇지도 않게 손끝으로 문질러 찌부러뜨려도 상관없다는 기분이 들기 시작했습니다. '여자 신문기자가 되면 재미있을 거야.'와 같이 공상한 것도 그때 일이었습니다.

허무 같은 것을 생각하는 여자는 여자로서 가치 없는 여자일까요? 동창생들은 모두 저를 '화성 여자'라든가 '남자이면서 여자와 같은, 또는 여자이면서 남자와 같은 성징(性徵)과 성질을 가진 사람'과 같은 별명을 붙이신 것 같습니다. 왠지 모르게 제 얼굴을 볼 때마다 어쩐지 기분 나쁜 듯이 한숨을 쉬시는 것 같았습니다. 자신들은 저 같은 여자로 태어나지 않았던 것을 안심하신 것처럼도 생각되었는데 다릅니까?

제 부모도 제 얼굴을 볼 때마다 한숨만 쉬고 있었습니다. 부모로서의 흥미를 정말 잃은 것 같은 절망적인 눈으로 저를 보고 있었는데 그런 기분도 저는 헤아리고도 남을 정도로 알고 있었습니다.

잊지도 않습니다. 올해 3월 17일, 우리 졸업식이 있던 날의 오후 일이었습니다. 저는 식에서 돌아와서 제복을 평상복으로 갈아입고 있을 동안, 거실에서 이야기하고 있는 부모의 말을 들으려고 하지 않았는데 그만 들어버리고 말았습니다.

아버지 "저 아이가 시집가지 않으면 여동생 둘을 출가시킬 수도 없으니 말이야."
계모 "그래요. 차라리 병이라도 걸려 죽어 주기라도 하면 안심하겠는데, 제는 한 번도 아프지도 않으니까요…."
아버지 "하하하하. 짓궂은 일이야. 불구라면 불구로 또 다른 사려 분별도 있지만."

이런 대화를 들었을 때의 제 기분… 세속적으로는 무척 억센 여자가 되었지만 내심으로는 아직 모든 애정이라는 것에 눌어붙을 정도로 집착을 가진 제가 인간으로서의 마지막 사랑으로부터도 버림받는 것을 확실히 알았을 때 제가 얼마나 배길 수 없었던가?… 그런 대화 속에 가득 찬 차가운 증오심이 부모로서의 애정의 변형에 지나지 않는 것은 잘 알고 있지만, 자살하는 것 외에는 달리 방도가 없는 제 입장을 암시하셨을 때, 그 슬픔… 끝까지 화성 여자로는 끝낼 수 없는 절체절명의 제 입장… 그래도 마음이 약해서 도저히 자살 같은 것은 할 것 같지도 않은 여자의 애달픈 슬픔을 남성분들은 이해하실까요?

저는 이 끝도 없는 허무 속에 몸을 둘 곳이 없어졌습니다. 저는 지금과 같은 부모의 이야기를 주워들은 저녁 무렵, 밥을 먹자마자 친구와 활동사진(영화)을 보러 간다고 말하고 어머님께서 사 주신, 아직 한 번도 입은 적이 없는 메이센(銘仙)31)의 엄청나게 화려한 표현과 문양의 아와세(袷, 겹옷)을 입고, 여동생들에게 들키지 않게 슬쩍 집을 빠져나왔습니다. 학교 뒷문 옆 공터에 있는 포플러나무 그늘 뒤를 통해 콘크리트 벽을 타고 넘어 교정 화장실 뒤로 뛰어내렸습니다. 그 정도 일은 제게는 아무것도 아니었습니다.

저는 그때부터 오랜만에 다시금 그 폐가 2층의 등나무 의자 위에 천천히 소매를 포개고 바로 그 그립고 쓸쓸한 하늘을 바라다보면서 몹시 조용한 허무의 추억에 돌아가자고 생각하고 새 펠트(felt)32) 샌들을 신경 쓰면서 사람 그림자가 없고, 별만 큰 교정 어둠 속을 폐가에 가까이 갔습니다. 그리고 그 아래층 봉당의 어둠 속에 살짝 한 발을 들여놓았습니다.

그 어둠 속에서 갑자기 튀어나온 털투성이의 남자가 저를 양팔에 꽉 껴안아 버렸습니다. 그리고 예기치 않게 상대가 속식이는 애달픈 사랑의 말을 태어나서 들었습니다.

---

31) 메이센(銘仙) : 꼬지 않은 실로 거칠게 짠 비단 옷감.
32) 새 펠트(felt) : 양털 등을 압축하여 만든 두꺼운 천으로 샌들, 모자, 복식품, 깔개 등에 쓰인다.

모리스 "정말 잘 와 주셨습니다. 감사합니다. 정말 잘 와 주셨습니다. 이 홀몸의 가엾은 늙은이 고민을 구해 주시는 것은 당신 한 분입니다. 당신 없이는 저는 살아갈 수 없어졌습니다. 부디 이 홀몸의 외로운 교육자를 불쌍해 여겨 주세요. 알겠지요. 서로 딸랑 혼자의 외로운 기분을 서로 알고 있으니까요. 알겠지요."

그 목소리가 … 그 말씀이 … 확실히 교장 선생님의 그것이라고 알았을 때 저의 놀람은 어땠을까? 제 온몸이 심장의 두근거림과 함께 돌이 되고 만 것 같았습니다.

'어떻게 제가 여기 오는 것을 아셨을까요?'라고 그 순간 생각하기는 생각했지만, 생각해 보니 교직원 가장 왼쪽 창을 통해 뒷문이 틈새로 보이는 것을 생각해냈으니 아마 무슨 용무로 직원실에 와 계신 교장 선생님께서 제 모습을 발견하시고 앞질러 가셔서 궁술도장의 판장 뒤에서 오신 것이 아닐까. … 등으로 혼란스러운 머리로 생각했습니다. 원래 어리숙한 저는 그런 경우에도 가능한 한 교장 선생님이 하시는 것을 선의로 해석하려고 본능적으로 노력했겠지요. 그런 선생님의 말씀에도 그다지 부자연스러움을 느끼지 않았을 뿐 아니라 무엇보다도 먼저 교장 선생님이 이런 엉뚱하고 비상식적인 일을 하시는 것은 부득이한 일이라는 생각이 들자, 타고난 저의 나약함에서 도저히 거슬려서는 안 된다는 기분이 들면서도 암흑 속에서 양팔을 잡힌 채로 굳어져서 고개를 숙이고 있었습니다.

 아… 무기력한 저… 저는 그때 조금이라도 소리를 내거나 하면 세상에서 유명한 교장 선생님의 명예와 지위가 죄다 완전히 엉망진창으로 만들어 버릴 거라는 두려움에 싸여 몸을 전혀 움직일 수 없게 되었습니다.

 아… 불쌍한 저… "서로 외로운 마음은 알고 있다."고 말씀하신 교장 선생님의 말씀에 저는 자기도 모르게 큰 감동을 받고 말았습니다. 아무리 해도 도망칠 수 없는 운명에 사로잡힌 서글픈 기분이 되어 버렸습니다.

 아… 멍청한 저… 방심해서 실수를 저지른 저. 교장 선생님은 소문 그대로의 성인이 아니다. 다른 여자분과 여기에서 만날 약속을 하셨다. … 그 여자분과 저를 착각하신 것을 그때 어떤 연유인지 전혀 헤아리지 못했습니다. 아마 제 마음 깊은 곳에 남아 있던 존경심이 교장 선생님을 의심하는 것을 허용하지 않았겠지요.

 아… 천박한 저… 지는 교장 선생님의 돈에 관한 추한 온갖 일을 지나칠 정도로 알고 있었습니다. 하지만 여성에 대해서는 끝까지 결백한 분이라고 굳게 믿고 있었습니다. 설사 야단법석을 하시는 일은 있어도 교장 선생님 한 분은 남성으로서의 정조

(貞操)33)를 끝까지 돌아가신 사모님에 대해 지키시는 갸륵한 분이라고 이때까지도 굳게 믿고 있었습니다. '그 성인과 같은 교장 선생님에게 이런 비밀스러운 고민이 있다니 이 얼마나 가엾은 일일까? 제게 그것을 고백하시다니 이 얼마나 과분한 일일까?'라고 곰곰이 생각하고 있는 사이에 저는 정말 모든 것을 알 수 없을 정도로 슬퍼지고 눈물이 나와 견딜 수 없었습니다. 그냥 엉망진창으로 슬픈 추억이 머릿속에 소용돌이를 일으키면서 교장 선생님 가슴에 축 매달려 있었습니다.

그러는 사이에 시간이 쭉쭉 흘러갔습니다.

아… 그러나 이것은 이 얼마나 슬프고 한심스러운 한 찰나의 꿈이었을까요?

머지않아 들어오신 도라마 도라코(虎間トラ子) 선생님 … 우리가 뚱뚱이라고 말한 바로 그 고참 영어 선생님에게 제가 얼마나 호되게 경을 치게 되었는지? 그리고 아주 어두운 곳에서 얼마나 열심히 힘을 내서 도라마 선생님을 들이박고 폐가 밖으로 도망쳤는지?

그리고 일단 콘크리트 담 밖으로 뛰어나오고 나서 곧 바로 다시 궁술도장 사이에 몰래 들어가서 그 폐가 옆의 쪽문 틈새에 귀를 가까이 대고, 얼마나 심각하게 두 분의 말다툼에 귀를 기

---

33) 정조(貞操) : 부부·연인 끼리 상대에 대해 성적 순결을 지키는 것.

울이고 있었는지?

그때 교장 선생님께서 얼마나 당황하고 계셨을까? 안색은 알 수 없었지만 아마 새파래지셨겠지요? 어둠에 익숙해진 눈으로 슬쩍 엿보니 운동회용의 커다란 종이 오뚝이의 엉덩이 사이에 엎드려서 위압적인 태도를 취하고 계시는 도라마 선생님 앞에 양손을 땅에 짚고 울먹이는 소리를 내면서 얼마나 굽실거리며 사죄를 하셨는지?

도라마 "아니오, 실수라고는 말하게 허락하지 않겠어요. 당신은 나뿐만 아니야. 이런 식으로 많은 여자를 속이고 계십니다. 저는 죄다 알고 있어요. 성적이 나쁜 학생 점수를 좋게 해 준다고 말씀하시고 그 학생과 어머니들에게 당신이 무엇을 요구하고 계신지도 잘 알고 있어요. 당신의 장사 도구는 당신 주머니 속에 있는 전교생의 시험문제이니까요. 당신 하숙집 2층으로 찾아오신 학생과 어머니의 이름은 모두 제 노트에 기록되어 있어요. 당신 하숙집 아주머니가 이런 것에 관해 입이 무거운 이유도 저는 훨씬 전부터 자세히 알고 있어요. 호호호….

그뿐만 아니에요. 지금 5학년 우등생인 도노미야 아이코(殿宮アイ子) 학생은 당신의 친자식이 아닙니까? 아니오. 숨기셔도 소용없어요. 매일 얼굴을 보고 있으면 확실히 알게 됩니다. 멘델의 법칙(Mendelism)이 무섭지 않습니까? 여자아이는 아버지를 남자아이는 어머니를 닮는다고 하는 것은 사실이네요. 잘 보세요. 당신과 빼닮았지 않습니까? 당신은 당신이 임신시켜 졸업시키신 도메코(トメ子) 씨 … 마이사카 도메코(舞坂トメ子) 씨의 나약함을 이용하여 속이거나 어르거나 해서, 바로 그 호색한 도노미야(殿宮) 소공작(小公爵)한테 중매하신 것이지요? 그리고 그 도노미야(殿宮)의 '아마찬(あまちゃん, 사고방식이나 행동 등이 무르고, 미지근한 사람)'에게 도락에서 환심을 사서, 한없이 온순하고 일본 여성적이며 조신한 천사와 같은 도노미야 부인(夫人)을 이중 삼중으로 괴롭히고 들볶는 것을 하나의 비밀스런 낙으로 삼고 계셨지요? 아니오. 당신은 그런 성격의 소유자이에요. 당신이란 사람은 자신이 얼마나 양심 없고 이중인격적인 성격의 소유자인지 남들이 모르는 것을 장점으로 삼아 끝까지 잔인하게 즐기며 그것을 자랑질하며 다니시는, 변태 취미의 소유자이며 극단적 개인주의에 빠져 버린 사람이랍니다.

이런 것을 아는 사람은 지금은 저와 마이사카 도메코 씨… 지금의 도노미야 부인 두 사람뿐이고 당사자인 아이코 씨도 아직 알지 못하신 같습니다. 그냥 오로지 당신을 훌륭한 인격의 교장 선생님이라고만 굳게 믿고 존경하고 계시는 것 같습니다. 그런 고마운 마이사카 도메코 씨의 마음 씀씀이를 당신을 아십니까? 나와 마이사카 씨와는 둘이서 이 학교 기숙사에 있을 때부터 아주 소중한 친우이었으니까요. 그 소중하고 소중한 마이사카 씨를 울게 만든 이가 당신이니까, 어찌 모르는 체 있을 수 있겠습니까? 저는 그런 점에서 당신 생활에 흥미를 갖고 여러모로 고심하면서 당신에게 가까이 갈 기회를 노리고 있었으니까. 있잖아요, 아시겠지요. 여자가 한 곳에 정신을 집중시킨다는 것은 무서운 법이에요. 호호호호….

　아니요, 아니에요. 저는 잠자코 있을 수는 없습니다. 나는 흔히 있는 아무것도 못 하는 일본 여성과는 다르니까요. 오기가 나면 끝까지 오기가 나서 할 수 있는 자신을 지닌 여자이니까요. 자만은 아닙니다만, 남편 없이 여자 혼자의 힘으로 남자아이 두 명을 키

워온 여자이니까요. 얼추 세상일은 다 알고 있는 여자이에요. 당신이 20년 전에 그 천사처럼 아름다운 마이사카 씨를 꼭 껴안고 말씀하신 사랑의 말을 발표하는 방법을 알고 있어요. '부디 아무쪼록 이 외로운 독신자를 불쌍하게 여겨 주세요.'라고 말이지요. 호호호 ….'

그리고 그 뒤의 문답(질의응답)은 정신을 못 차린 탓인지 일일이 기억에 남아 있지 않습니다. 그러나 요약해서 말씀드리면, 교장 선생님께서 열심히 변명하셔서 도라마 선생님은 가까스로 잘못의 원인을 납득하셨습니다. 그리고 도라마 선생님을 주임(奏任)[34] 대우로 하는 것과 승급시키는 것을 조건으로 교장 선생님의 실수를 용서해 준다는 것으로 이야기가 매듭지어진 것 같았습니다.

그것에 이어 이번에는 제 입을 틀어막는 방법에 관해 소곤소곤 대화하고 계신 것 같았습니다. 킥킥 웃는 소리와 함께 '오사카(大阪)'라든가 '폐품 재사용' 같은 말이 희미하게 새어 나온 것 같은데, 대부분은 거의 들리지 않았습니다. '다른 사람에게 말해!'라고 말씀하셔도 이런 비밀을 남에게 지껄이는 제가 아닌데

---

34) 주임(奏任) : 메이지(明治) 헌법하에서 관리 임명 형식의 하나. 내각총리대신의 주천(奏薦)으로 임명하는 것.

라고 생각하면서, 가슴을 두근거리며 듣고 있었습니다. 그리고 마지막에는 두 사람이 이런 문답을 하셨습니다.

>**도라마** "잘 아시겠습니까? 모리스 교장님. 만일 당신이 주임(奏任)대우와 승급의 약속을 잊으시면 당신은 큰 손해를 보시게 될 거예요. 저는 이미 올봄에 아이 둘이 대학과 전문학교를 졸업한 지 얼마 안 되고, 평생 먹고살 만한 저축은 지금도 있으니까, 세상들이 무슨 말을 해도 무섭지 않았습니다. 다만 더 이상의 욕심은 아들 두 명의 결혼 비용과 연금을 벌면 되니까… 어떤 것도 발표할 수 있으니까요. 잘 아시겠지요? 모리스 교장님."
>
>**모리스** "애해, 애해. 절대로 안 잊겠습니다. 틀림없이 알았습니다. 아, 의외의 사고로 걱정했습니다."
>
>**도라마** "그렇다고 치더라도 그 애는 어떻게 여기에 들어온 걸까요? 기분이 언짢아."

여기까지 듣자 저는 살짝 쪽문에서 떠났습니다. 궁술도상 뒤의 방화벽 옆을 통해 밖으로 나와, 뒷문 부근에 있는 공동화장실에서 머리카락과 얼굴을 신경 써서 고치고 몰래 집으로 돌아왔습니다.

그 날 밤은 머릿속이 회오리바람이 소용돌이쳐서 한잠도 못 잔 채로 좌우의 손목이 마비될 정도로 꽉 가슴을 껴안고 밤을 새웠습니다. 사형 선고를 받은 사람도 그렇게까지는 밤이 새는 것을 두려워하지는 않았겠지요.

이튿날 아침이 되자 저는 온몸이 이상하게 나른해서 견딜 수 없는 것을 느꼈습니다. 격한 트레이닝 후에 구토하고 싶어질 때와 같은 피로를 느끼고 창밖의 햇볕이 묘하게 단내가 나서 일어나려고 했는데 눈이 핑핑 돌아 참을 수 없어 난생처음으로 종일 누워 있었는데 아마 신경이 심하게 타격을 받아서일 것입니다. 부모님에게는 감기 기운이라고 말했는데 저녁때가 되어 근처에 사시는 대학 조교수님이라는 젊은 의사 선생님을 불러 주었는데 특별히 어디가 나쁜 데는 없고 열도 전혀 없고 맥박도 변하지 않았겠지요. 의사 선생님은 몹시 이상해하며 고개를 갸웃거리고 계셨습니다. 그리고 내 왼손에서 조금 피를 뽑아 돌아가셨는데 그 피의 한 방울이 교장 선생님과 저를 이런 지경으로 떨어뜨리는 중요한 피인 것을 그때 혼란스러웠던 제가 어찌 알아차릴 수 있을까요?

이틀 후 아침 … 그때부터 나흘째 되는 날 이른 아침이었습니다. 저는 간신히 평시와 같은 조용한 기분이 되어 눈을 뜰 수가 있었습니다. 그것은 전날 밤에 젊은 의사 선생님께 받은 수면제의 덕택이라고 생각합니다. 저는 잠옷 차림으로 뜰에 나와 유칼립투스 나뭇가지 끝에 반짝이는 파랗고 파란 아침 하늘을 천천히 올려다볼 수가 있었습니다.

하지만 그때 저는 얼마나 슬펐는지 모릅니다.

교장 선생님. 남이 뭐라고 해도 저도 역시 여자였습니다.

그것이 도덕에 어긋나고 혐오스러운 일이라고 알면서도 저는 교장 선생님을 원망하는 기분은 차마 들지 않았습니다. 그보다도 도덕에 어긋나고 혐오스러운 일을 하시지 않으면 안 되는 교장 선생님의 나약하고 비겁한 심경이 그때의 저는 더할 나위 없이 애처롭게 생각되어 견딜 수 없었습니다. 그리고 그 애처롭고 외로운 교장 선생님을 설령 어떤 혐오할 방법이라도 써서 구해 내서 바르고 밝은 길로 돌아오시게끔 간언해 드리는 것이 저 같은 여자에게 주어진 길이 아닐까요? 그것이 제가 가지고 태어난 운명이 아닐까요?… 라고도 생각되었습니다. 저는,

모리스 "이 가련하고 외로운 늙은이를 구해줘!"

라고 말씀하신 것이 교장 선생님의 진실한 마음에서 나온 말씀인 것처럼 생각되어 견딜 수 없었습니다. 설사 그것이 실수로 제게 말씀하신 거라고 하더라도….

저는 더 이상 제가 모르는 사이에 허무가 아니게 된 것입니다. 교장 선생님 덕택에 여자로서의 순정에 눈 뜨기 시작한 것입니다.

그 깊이를 알 수 없을 정도로 어리석은 저⋯.

아버지 "오사카에 안 갈래?"

그 날 아침 식사 전에 응접실에서 아버지가 이야기를 걸어왔습니다. 여느 때라면 저에 관해서는 무척 냉담한 제 계모도 이 이야기에는 깊은 흥미를 느끼고 있던 것 같고 눈을 번뜩이며 제 옆 의자에 왔습니다[35].

항상 절약하시던 아버지는 그날따라 긴구치(金口)[36]를 피우면서 여느 때와 달리 싱글벙글하면서 말했습니다[37].

아버지 "너 신문기자가 되고 싶다고 말한 적이 있지?"
아마카와 "네. 그런 거 생각한 적도 있어요."
아버지 "사진도 싫지 않았지?"

---

35) 원문의 「参(まい)りました」의 「参(まい)る」는 「来(く)る, 오다」의 겸양어Ⅱ 즉 정중어(鄭重語)로 쓰인 예로 주목된다.
36) 긴구치(金口) : '金口(きんぐち)タバコ의 준말로 입에 닿는 부분을 금종이로만 궐련을 가리킨다.
37) 원문의 「申(もう)しました」의 「申(もう)す」는 「言(い)う, 말하다」의 겸양어Ⅱ 즉 정중어(鄭重語)로 쓰인 예로 주목된다.

아마카와 "네 아주 좋아해요."

아버지는 제가 여러 신문이나 잡지에 투고하거나 사진 살롱(salon)38)에 입선한 것을 알고 있으면서도 어째서 이런 것을 새삼스레 물을까 봐 조금 의아하게 생각했습니다.

아버지 "그러니까 마침 잘 됐다고 생각하는데. 오사카의 신문사에서 여성 스포츠 기자를 원한다고 해. 여학교 운동부를 찾아다니며 이야기를 듣거나 사진을 찍고 돌아다니는 것이 일이라고 해. 어제 일부러 모리스 교장 선생님이 내가 있는 관청(영림서(営林署)39))에 찾아오셔서 네가 승낙만 해 주면 상대 쪽에서는 더할 나위 없이 만족한다고 해. 서양에 여행이나 유학도 할 수 있도록 해 주겠다고 하니까40), 이렇게 좋은 자리는 두 번 다시 없다고 생각해. 봉급은 백 엔이고 보너스는 3개월분이라고 하는데, 승낙한다면 자기(모리스)가 전화 걸을 테니 당장이라도 출발할 수 있

---

38) 사진 살롱(salon) : '살롱(salon)'은 미술 전람회 또는 어떤 물건을 소개하는 전시회.
39) 영림서(営林署) : 농림수산성(農林水産省)의 임야청(林野庁) 영림국(営林局) 하부 관리 기구. 국유임야 등의 조림·벌채·치산·보호 등을 임무로 하는 현업(現業) 부문으로 지역 주민과의 접점에 위치한다.
40) 원문에서는 「と言っているそうだから」와 같이 전문 형식이 「~と言(い)っている」와 「~そうだ」 같이 이중으로 중첩되어 쓰이는 점이 특징적이다.

을 거라고 하는 데 말이야."

라는 이야기였습니다.

저는 그때 용케도 그리도 침착하게 있었다고 생각합니다. 실제 3, 4일 전의 폐가 안의 사건보다도 이때 아버지에서 들은 오사카행 이야기가 꽝하고 저를 내려 제쳤습니다.

이때만큼 제 마음이 배반당한 적은 없었습니다. 교장 선생님이 오사카로 저를 보내려고 하시는… 것이, 저를 절망적으로 슬프게 만들었습니다.

아마카와 "… 생각 좀 하겠습니다."

라고 대답을 하는 동안 저는 정말로 가슴이 미어지고 말았습니다. 왠지 모르게 훌쩍훌쩍 흐느껴 울기 시작했습니다. 그것을 본 아버지는 다시 의자 위에서 앞으로 다가와서 말씀했습니다.

아버지 "이렇게 고마운 이야기가 어디 있겠니? 대학을 졸업한 남성 학사도 삼십 엔, 이십 엔의 일자리가 없는 세상이야. 생각할 거 없지 않냐? 그렇지 않으면 뭐야? 너는 도저히 오사카에 못 갈 이유라도 있는 거야?"

저는 이전에도 이후에도 그렇게 엄숙한 아버지 목소리를 들은 적이 없었습니다. 그래서 저도 모르게 얼굴을 들고 부모님의 얼굴을 둘러보니, 부모님은 제 아버지 이상으로 큰 죄인이라도 심문하는 듯이 엄숙하고 굳어진 표정을 지으며 흥이 깨진 듯이 저를 응시하고 있어서 저는 더욱 더 깜짝 놀라고 말았습니다. 그래도 저는 아무런 생각도 없이 머리를 좌우로 흔들면서 말했습니다.

　아마카와 "아니오. 특별히 아무것도 없습니다. 그런 이유는 없어요. 그냥 2, 3일 더 생각하고 싶을 뿐입니다. 제 일생에 관한 일이니까요…"

부모님은 이때 힐끗 이상한 백안시하는 눈으로 서로 얼굴을 쳐다본 것처럼 생각됩니다. 그리고 아버지는 정색을 차리고 헛기침을 한 번 했습니다.

　아버지 "흥! 그러면 묻겠는데, 너는 뭔가 우리에게 숨기고 있는 일이 있는 게 아냐? 그래서 오사카에 갈 수 없는 게 아냐?"

저는 깜짝 놀랐지만 금방 마음을 가라앉히고 아무렇지도 않게 머리를 좌우로 흔들었습니다. 한숨을 한 번 쉬면서….

　아마카와 "아니오. 아무것도 없어요."

계모 "그럼 … 너 그저께 밤 어디에 간 거야?"

계모가 얼음처럼 차고 조용한 목소리로 옆에서 말했습니다. 저는 소리 없는 벼락에 맞은 듯이 덜컹하면서 푹 고개를 숙이고 말았습니다. 아마 제 얼굴은 죽은 사람처럼 창백해져 있었겠지요. 단지 이제 두근거리고 가슴이 콩닥콩닥해서 살을 에는 듯한 눈물이 똑똑 잠옷 무릎 위에 떨어질 뿐이었습니다.

'제 파멸은 교장 선생님의 파멸 … 교장 선생님의 파멸은 제 파멸 … 제 파멸 … 교장 선생님의 파멸 … 모든 것이 파멸 … 현재 지금 막 파멸하기 시작하는 것이다. … 그러니 어떤 일이 있어도 파멸시켜서는 안 된다. 자백해서는 안 된다. 저와 교장 선생님은 단둘이서 이 비밀을 굳게 서로 얼싸안아 밑도 끝도 없는 무간지옥(無間地獄)[41]의 바닥에 끝까지 거꾸로 떨어져 가야 한다.'라고 …. 그런 것만 빙빙 선풍기처럼 머릿속에서 이리저리 생각을 굴리고 있는 사이에, 제 전신을 돌고 있는 혈액이 전부 눈물이 되어 머릿속에 가득 차고 계속해서 눈 속에 고여 똑똑 흘러나가는 듯이 생각했습니다. 그에 따라 제 심장과 폐가 끝없는 허무 속에서 서로 다르게 물결처럼 굽이치며 미쳐 다니는 두려움에 소리도 낼 수 없는 기분이 되어갔습니다.

---

41) 무간지옥(無間地獄) : 8대 지옥의 여덟 번째로 오역(五逆)과 방법(謗法)의 큰 죄를 지는 사람이 떨어지는 곳.

바로 그 제 귓전에 아버지의 예리하고 아주 밝은 소리가 들려왔습니다.

  아버지 "숨겨도 알고 있어. 그저께 의사 선생님이 가져가신 네 혈청을 대학에서 검사하신 결과, 네가 이미 처녀가 아닌 것을 알고 말았어."

계모가 내 바로 옆에서 길고 긴 한숨을 쉬었습니다. 생판 모르는 남보다도 더욱 차갑고 완전히 남인 듯한 한숨을….

  아버지 "그저께 너를 진찰하신… 어젯밤에도 진찰하러 와 주신 선생님은 그 분야의 연구에서 오스트리아에 갔다 오신 유명한 의학박사였어. 어떤 변명을 해도 안 통하는 과학적으로 훌륭한 증거를… 내게… 내게… 눈 앞에 들이댔어…."

이 얼마나 무서운 과학의 힘….
제가 이미 청정한 몸이 아닌 것… 자신도 그렇게는 생각되지 않을 정도로 무상한 한순간의 일… 그것이 단 한 방울의 섬사로 알 수 있다니….
이 얼마나 잔혹한 과학의 심판….
저는 정말 정신없이 융단 위에… 부모의 발밑에 쓰러져 울고 말았습니다.

절체절명의 위기에 빠진 저….

아버지는 한사코 상대를 밝히라고 강요했습니다. '절대로 무리한 일은 하지 않겠다. 반드시 짝을 지워주겠다. 너를 그렇게까지 생각해 주시는 사람이 계신 것을 우리가 몰랐다는 것이 잘못이다. 어떤 상대라도 괜찮으니 털어놓아라. 부모의 자비라는 것을 모르느냐?'라고 부모님들도 눈물을 흘리며 핍박했지만 저는 죽을 정도로 울지 않을 수 없었지만, 결국 끝까지 버텨내고 말았습니다. 교장 선생님의 이름을 털어놓는 어쩐지 두려운 것을 도저히 저는 할 수 없었습니다.

저는 태어나서 처음으로 부모의 명령에 거역했습니다. 부모님의 자비를 배신했습니다. 교장 선생님의 명예를 위해…. 저는 어째서 그때 미치광이가 되지 않았을까요?

그리고 저는 그 날 정오 무렵이 되어 울다가 녹초가 된 채로 잠자리에 들어갔습니다. 아달린(독일어 Adalin)[42]을 많이 먹고 새파래진 두 명의 여동생이 지켜보는 가운데 푹 잠들었습니다. 이대로 죽어버리면 좋다고 생각하면서….

---

42) 아달린(독일어 Adalin) : 1910년에 독일 제약회사인 바이엘사가 제조하여 발매한 흰 분말 형태의 수면 진통제의 일종.

그 이튿날 3월 22일은 우리 27회 졸업생의 교장 선생님에 대한 사은회가 개최되는 날이었습니다.

아, 사은회 … 나로서 이 얼마나 비참하고 슬프고 무서운 사은회였을까요?

저는 아직 수면제에서 완전히 깨지 않은 꿈 꾸는 기분으로 죽는다고 해도 산다고 해도, 어느 쪽으로 하더라도 생각할 수 없는 생각을 머릿속 가득 소용돌이치게 하면서 다시 한번 모교의 정문을 잠입했습니다.

다시 한번 교장 선생님의 얼굴을 보고 싶다. 어떤 얼굴을 하시고 나를 보실까 … 하고 … 그것 하나를 천지에 단 하나 마음으로 의지하며 … .

여느 때와 마찬가지로 낡아빠진 프록코트(frock coat)를 입으시고 현관에 서 계신 교장 선생님은 역시 평소와 마찬가지로 나를 보시자 방긋 웃으셨습니다. 그것은 평상시 그대로의 고상하고 자비심이 많은 교장 선생님의 얼굴이었습니다.

모리스 "어이! … 아마기와 학생 안녕. 자네에게 좀 이야기가 있는데. 아직 시간이 있으니까 … "

라고 차분한 목소리로 말씀하시고 당장이라도 손을 잡아끌 것처럼 해서 정면 계단을 올라가서 2층 복도의 죽 막다른 곳의 빈

교실 한구석에 나를 데리고 들어가셨습니다. 그리고 더할 나위 없이 친절하고 고상하고 자비심 있는 얼굴을 하시고,

    모리스 "어때요? 아버님의 말씀을 들으셨습니까? 오사카에
           갈 결심이 섰습니까?"

라고 말씀하시고, 다시 한번 방긋 웃으셨습니다. 그 교장 선생님의 얼굴은 2, 3일 전의 기억 같은 건 조금도 남아 있지 않은 표정이었습니다. 온화한 얼굴의 피부가 반들반들하게 빛나며 하나님 같은 미소가 입 언저리를 떠돌고 있었습니다. '그 날 밤의 일은 꿈이 아니었을까? 난 무엇인지 당치도 않은 꿈을 보고 이렇게 외곬으로만 깊이 생각하는 것이 아니었을까?'라고 생각했을 정도였습니다. 그래도 저는 생각할 수 없는 생각으로 머릿속을 가득 혼란스럽게 하면서도 딱 잘라 오사카행은 거절하려고 생각합니다. 그때는 별반 기쁘지도 슬프지도 화가 나지도 아무렇지도 않았던 것 같은데 아마 제 뇌가 아직 마비되어 있던 탓이었을 것입니다. 그러나 교장 선생님은 포기하시지 않았습니다.

    모리스 "이것은 자네를 위한 일이니까 … 이 취직자리를 승낙
           하면 자네에게는 필히 좋은 혼담이 들어올 것을 약속
           할 수 있으니 … 운동을 좋아하는 젊은 신사가 그 신

문사에서 기다리고 있으니까….”

라든가 뭐라고 말씀하시고, 드디어 친절을 담아 반복하고 또 반복해서 잔소리하셨는데, 그 말속에 고개를 숙이고 듣고 있던 제가 슬쩍 눈을 칩떠보았을 때 교장 선생님의 눈빛은 정말 차가웠어요. 사람을 잡아먹는 물고기같이 파르께하고 심술궂고, 냉혹한 빛이 매섭고 차가웠습니다.

그 뭐라고도 형용할 수 없는 무정하고 냉담한 눈빛을 본 순간, 자칫하면 '악마'라고 소리치고 덤벼들고 싶은 기분이 들어서, 저는 몰래 한 번 한숨을 쉬고 머리를 숙이고 말았습니다. 죄다 엉망으로 만들어 버리고 싶은 제 기분이 저 자신에게 무서웠습니다.

그때 교장 선생님의 말씀이 … 이야기를 처음 할 때보다도 훨씬 열렬한… 기도하는 목소리가 제 귓전에 울렸습니다.

모리스 "있잖아! … 아마카와 학생. 생각해 보세요. 자네가 만에 하나라도 오사카에 가지 않는다고 하면, 자네 부모님이나 여동생들에게 얼마나 정신적인 민폐를 끼치는지 압니까? 자네를 지금 상태로 내버려 두면 향후 가정을 만들고 만족스러운 일생을 보낼 가능성이 작아진다고 말씀하시고 부모님이 밤잠도 자지 않고 걱정하고 계세요. 이것은 내가 마음으로부터 말씀드리는 것입니다. 자네는 도대체 미래를 어떻게 할 생각입니까? 이리도 자네를 위해 생각하는 내 마음을 이해하지 못합니까?"

바로 그 교장 선생님다운 … 더할 나위 없는 인격자다운 위엄과 온정이 깃들어 있는 말투가 정말 얄미웠습니다. 저는 다시금 발끈해서 죄다 숨김없이 털어놓고 싶은 충동에 사로잡혔지만, 그때는 이미 제 결심이 확고해져서 온몸을 부들부들 떨면서도 참고 말았습니다.

아마카와 "교장 선생님 마음은 잘 알고 있습니다. 하지만 2, 3일 더 생각했으면 합니다. 절대로 선생님 마음에 거슬리는 일은 하지 않을 테니까 …."

이것은 제가 태어나서 처음 뱉은 거짓말이었습니다.

이때 제가 결심한 것은 선생님 마음에 거슬리는 그런 것이 아니었습니다. 만일 이때 제가 한 결심의 내용을 단지 일부분이라도 교장 선생님이 헤아렸다면, 교장 선생님은 그 자리에서 기절하셨을지도 모릅니다.

저는 선생님의 아무렇지도 않고 돌처럼 딱 벌어진 안색을 보고 있는 사이에, 도저히 보통 사람 같은 수단으로는 교장 선생님을 반성시킬 수 없다고 깊이 마음먹었습니다. 제가 화성에서 온 여자라면 교장 선생님은 토성에서 내려온 초특급 악마임이 틀림없다는 생각을 하게 되어 무슨 일이 있어도 틀림없는… 그리고 선생님을 구렁텅이까지 부들부들 떨게 만드는 수단을 생각하지 않으면 안 된다… 죽여 줄 정도 가지고는 소용없다… 이 지구 표면이 교장 선생님으로서는 살아도 죽어도 있을 수 없는, 튀김 냄비보다도 무서운 곳으로 해 버려야 한다고 굳게 결심하고 말았던 것입니다.

저는 미소를 띠면서 조용히 일어나서 교실을 나왔습니다. 그러자 입구에서 상황을 듣고 계신 듯한 도라마(虎間) 뚱뚱이 선생님과 딱 마주쳤지만 저는 이미 완전히 차분해져서 아무것도 모른 체하는 얼굴로 공손하게 인사하고 계단을 내려갔습니다. 나중에 교장 선생님과 도라마 선생님이 뭔가 의논을 하고 계시는 것 같았는데 그런 것은 이제 문제가 아니었습니다.

아래층 대합실로 되어있는 재봉실에 들어간 저는 졸업생 친구들의 이야기 속에 섞여 함께 웃거나 과자를 먹거나 뭔가 하며 1시간 남짓을 보냈지만, 제가 그렇게 털어놓고 모두와 함께 유쾌하게 시시덕거린 적은 태어나서 처음이었겠지요. 그동안 내가 꺽다리라는 것도, 못생긴 것도, 화성 여자인 것도 죄다 잊고,

왠지 모르게 모두와 서운한 기분이 든 채로 가능한 한 많은 친구와 얼굴을 서로 보고, 서로 웃고, 서로 손을 잡고, 서로 반겼는데, 그 한 시간이야말로 제 일생에서 겨우 사람다운 기분이 들은 가장 즐거운 한 시간이었겠지요.

그리고 그다음에 학부형, 그러고 나서 얼마 안 있어 시작된 사은회 모습을 저는 조금 상세히 적어야 합니다. 이것은 이 세상에 둘도 없는 교장 선생님의 악덕을, 현기증이 날 정도로 아름답고 고상하게 화려하게 꾸민 연극이었으니까요. 이것은 저 이외의 사람들이 한 사람도 깨닫지 못하시고 … 그리고 동시에 단 한 사람만을 괴롭히고 위협하기 위해 행해진 정말 무섭고 길고 지루한 고문이었으니까요 … .

먼저 전교생의 '기미가요(국가)' 제창이 있었는데, 그 순진하고 장엄하기 이를 데 없는 리듬의 파도를 듣고 있는 사이 저는 정말 온몸이 오싹오싹해서 안절부절못할 정도로 어쩐지 무서워서, 당장이라도 도망치고 싶은 기분이 들고 말았습니다. 마음 밑바닥에서 부들부들 떨지 않을 수 없다. … '기미가요(국가)의 고문' … .

대표로 시가쿠간(視学官)인 도노미야(殿宮) 씨가 단상에 서서 하신 연설은 정말 훌륭하셨습니다. 교장 선생님의 공덕을 극히 사소한 일까지 하나하나 들며 설명해 나가셨을 때 만장의 분위기는 실로 엄숙했습니다.

교장 선생님 동상의 기부금에 관해 교감인 고바야카와(小早川先生)가 보고를 하시고 나서 졸업생 대표인 도노미야 아이코(殿宮アイ子) 씨 … 아직 아무것도 모르시는 아이코 씨가 모인 돈의 전액 목록을 드리셨을 때의 교장 선생님의 아무렇지도 않고 조금 기쁜 듯한 얼굴 … .

그리고 가와무라 서기의 사무보고에 이어, 교장 선생님이 감사의 연설을 하셨습니다. 그 말이 정말 눈물겹고 … 진정이 깃들고 … 그 모습이 정말 엄숙하고 … 그리고, 그러니만큼 그 연설의 의미는 어떤 시인도 생각해내지 못할 정도로 악마적이었습니다.

> **모리스** "저는 아이가 한 명도 없습니다. 그래서 여러분을 제 아이라고 생각하고 있습니다. 지난 5년 동안 이름에서 얼굴에서 생각까지 하나하나 기억하고 아무런 흠도 없는 진주처럼 청정하게 성장해 나가는 여러분의 모습을 마음 속까지 새기고 있습니다. 여러분을 이 사나운 풍파, 부정불의로 가득 찬 세상에 내보내는, 마지막 작별을 하는 오늘 지금 제가 어찌 태연하게 있을 수 있을까요? 어찌 감격하지 않고 있을 수 있을까요? 그것이 연약하고 아름답고 상냥한 여러분이니만

큼 그만큼 장한 자기 아들을 전쟁터로 보내는 어머니의 기분보다도 더욱 안타까운 생각으로 가슴이 미어집니다.

굳이 말하지 않아도 인생은 전쟁터입니다. 이 사회는 현재 모든 멋진 과학 문명의 힘으로 이리도 아름답고 요란스럽게 꾸며져 있지만, 그 내실은 어떤 것인가 생각해 보면 마치 야생의 동식물의 세계… 정글이라든가 원시림이라든가, 아프리카의 암흑지대와 같은 곳과 마찬가지로 정신적으로도 물질적으로도 서로 『먹느냐 먹히느냐』의 무서운 생존 경쟁입니다. 그 어쩔 수 없는 생존 경쟁에서 만들어지는 모든 부정불의의 사회악이 곳곳에 『먹느냐 먹히느냐』의 의미로 가득 차 있으므로 특히 마음이 착하고 젊은 여러분들로서는 꼭 선악에 미혹되는, 심각하고 위험하고 무서운 상황이 곳곳에서 기다리고 있는 것을 지금부터 각오하고 있어야 합니다.

누차에 걸려 말한 바와 같이, 현재까지의 인류 문화의 역사는 남성을 위한 문화의 역사입니다. 그리고 그 남성의 역사라는 것은 개인 간의 완력의 투쟁사에서 단체 간 무력의 경쟁사회를 거쳐서, 지금은 금전의 투쟁시대에 들어와 있습니다. 즉 활과 화살 그리고 총이라고 명명된 무기가 금전이라고 명명된 무기로 대신하는 시대가 되었을 뿐입니다. 그래서 옛날 투쟁시대에서 전쟁을 위해, 즉 적을 이기기 위해서는 어떤 간악하고 무도한 소행이라도 어쩔 수 없는 것으로 허용된 것과 마찬가지로, 현재 사회에서도 금전과 그것에 수반되는 명예, 지위를 위해서 법률에 저촉되지 않고 남에 알려지지 않는 한, 어떤 악랄함과 비인도적 행위도 상관없다고 생각되기 때문입니다. 가장 극단적으로 말씀드리면, 현재 세계는 국제사회 관계와 개인 관계에 있어서 아무렇지도 않게 양심을 무시하고 인륜을 유린할 수 있을 정도로 잔인하고 냉혈한 사람이 아니면, 절대로 승리자가 될 수 없는 세상이라고 해도 틀리지 않다고 생각됩니다.

즉, 현대 남성은 금전의 무기로 싸우는 암흑 투쟁시대의 전사입니다. 비양심적이고 무절조한 폭력이나 책략 같은 것을 태연하게 그리고 교묘히 행할 수 있는 남성이 승자가 되고, 지배자가 되어서 그런 것을 할 수 없는 착한 사람들이 열패자(劣敗者)[43],

---

43) 열패자(劣敗者) : 남보다 못하여 경쟁에서 지는 사람.

약자로 전락하여 가는 증거가 일상 곳곳에 묵과할 수 없을 정도로 가득 차 있습니다. 그래서 전 세계가 상냥하고 아름답고 평화를 애호하는 여성들의 마음에 의해 지배되는 시대는 아직도 요원한 곳에 있다고 하지 않을 수 없습니다.

따라서 여러분은 여성으로 태어나신 것을 기뻐해야 합니다. 아시는 분도 있으시겠지만 다이코기(太閤記)44)의 조루리(浄瑠璃)45)에서 주군을 공격해서 죽이고 천하를 취하려고 하는 아케치 미쓰히데(明智光秀)가 모반에 반대하는 어머니나 아내를 『여자들이 관여할 일이 아니다』라고 엄하게 꾸짖고 있습니다. 그 시대에서도 지금도 마찬가지로 여성은 추악하고, 사악한 생존경쟁의 전부를 세상이 시작되고 나서 남성에게 모두 맡기고 자신들은 서로 약속이라도 한 듯 미와 사랑의 생활을 독점해왔습니다. 그 순진하고 순미(純美)46)한 사랑의 마음으로 요리, 재봉, 육아에만

---

44) 다이코기(太閤記) : 도요토미 히데요이(豊臣秀吉)의 일대기의 총칭. 1624년경에 만들어진 오제호안(小瀬甫庵) 저 「호안 다이코키(甫庵太閤記)」 22권이 대표적이다.

45) 조루리(浄瑠璃) : 가타리모노(語り物, 일본 성악곡의 한 계통으로 줄거리가 있는 것에 곡조를 붙여 이야기하는 것) 하나.

46) 순미(純美) : 티 없이 깨끗하고 아름다운 것.

힘쓰고 그 가정생활을 아름답고 평화스럽게 만들고 자손을 바르고 아름다운 마음으로 교육하는 일에만 노력해왔습니다. 그리고 차츰 완력과 무력의 야만스러운 투쟁의 역사를 극복하여, 옛날 사람들이 상상도 할 수 없는 행복하고 안락한 오늘날의 문명세계를 만들어냈습니다.

  따라서 여러분은 결코 두려워할 일이 없습니다. 저는 여러분에게 평화를 존중하는 마음을 불어넣고 인종(忍從)47)과 미를 사랑하는 마음가짐을 가르쳐왔습니다. 여러분은 이 마음으로 남성이 만드는 잔혹하고 피도 눈물도 없는 후안무치한 악덕의 세계와 싸우지 않으면 안 되는 사명을, 아직 역사가 없었던 옛날 옛적 이후 마음속으로부터 본능적이며 전통적으로 가지고 계신 것입니다. 그러니 여러분의 그 아름답고 상냥한 평화와 인종을 존중하는 본능이 시키는 대로 이 세계를 하루라도 빨리 정화하고 양심 있게 만들어 인류 상호의 마음으로 만들어지는 평화의 세계 … 여성의 미덕에 의해서만 지배되는 세계를 하루라도 빨리 길러낼 수 있도록 매일 매일 전력을 다해 일하시

---

47) 인종(忍從) : 묵묵히 참고 따르는 것.

기만 하면 그것으로 족합니다.

  그것은 결코 곤란한 일도 이해하기 어려운 일도 아닙니다. 가정에서의 여성의 아름다운 본능… 깨끗한 애정은 이런 남성과 싸우는 유일하고 무적의 무기입니다. 아무리 성질이 거칠고 피도 눈물도 없는 남성도 이 여성의 끝없는 인종과 한없는 애정에 의해 지켜지는 가정 속에서는 마음속 깊은 곳에서부터 안심하고 평화를 즐기는 마음이 되는 것입니다. 그리고 자기도 모르는 사이에 큰 감화를 그 마음 깊은 곳에 이식해 나갈 수 있습니다. 가정 내에 쟁의를 일으키는 여성에게는 재앙이 있을지어다. 부디 여러분은 하루라도 빨리 건전한 가정을 갖고 결백하고 정직한 자녀를 많이 길어내시고, 머지않아 찾아오는 일본국을 가능한 한 깨끗하고 명랑하게 그리고 바르고 강하게 만들어 가시기를 저는 충심으로 바라마지 않습니다.

  저는 이 희망 하나를 위해 일생을 바쳐 이 사업에 종사하고 있는 사람입니다. 다시 한번 말씀드립니다. 여러분은 제 마음의 어린이입니다. 이 어린이들은 이런 고귀한 싸움을 위해 오늘 지금부터 사회에 내보내는 제 마음… 이별에 즈음해서 ….''

교장 선생님이 여기까지 말씀하시자, 만장으로부터 터져 나온 박수의 끊이지 않는 소용돌이 … 그리고 나서 잠시 동안 계속된 흐느껴 우는 소리와 한숨 … .

그리고 졸업식 때와 마찬가지로 부르게 된 눈물겨운 '반딧불….'

아. 이 얼마나 감격이 가득 찬 광경이었을까요? 이 얼마나 성스럽고 엄숙한 교장 선생님의 모습일까요?

그 사은회가 끝나기 무섭게 저는 돌아오는 길 도중에 있는 도노미야(殿宮) 시가쿠간(視学官)님의 댁을 방문했습니다. 그리고 학교 제일의 미인이며 학교 제일의 우등생이라고 불리고 계신 도노미야 아이코님을 만나 뵙고 중요한 비밀 이야기가 있으니까 라고 말하고 둘이서만 응접실에 틀어박히고 나오지 않았습니다.

도노미야 아이코 씨는 재학 중, 제 소중하고 소중한 애인이었습니다. 친구 중에서 시(詩)라는 것을 진정으로 이해하시는 분은 아이코 씨 한 사람이었습니다. 아무도 몰랐지만, 가끔 몰래 만나 뵌 적이 몇 번 있는지 몰라서, 그 헛간의 오두막집 2층에서 허무에 관한 이야기를 나눈 것도 한두 번이 아니었습니다. 하지만 이렇게 댁을 방문한 적은 이때가 처음이었습니다.

도노미야 아이코 씨는 정말 견실한 분이었습니다. 제 이야기를 들으셔도 놀라지도 울지도 않으시고, 아름다운 입술을 꽉 깨물고, 힘차고 아름다운 눈을 새빨갛게 반짝이면서 길고 긴 제 이야기를 전부 받아들여 주셨습니다. 그렇게 제 이야기가 끝나자 간신히 약간의 눈물로 눈시울을 적시면서, 골똘히 생각한 듯한 단호한 어조로 말씀하셨습니다. 정말 아름답고 조용한 목소리였습니다.

아이코 "고마워요. 가에 씨. 덕분에 지금까지 제가 알지 못했던 것을 전부 알았습니다. 제가 처음 안 친아버지 … 모리스 교장 선생님을 반성시키실 당신의 친절함에 대해 저도 감사의 말을 하게 해 주셔서 고맙습니다. 당신이 하실 복수를 어떤 식으로 하실 것인지 모르지만, 당신이 말씀하신 대로 아무도 모르도록 그 사람을 반성시킬 만한 의미의 복수라면, 대단히 좋은 일이라고 생각해요. 그 방법은 당신에게 맡기겠습니다. 어떤 방법이라도 저는 절대로 원망하지 않을 것입니다. 그리고 그래도 아버님 … 교장 선생님이 반성하시지 않을 때는 당신이 주신 편지를 틀림없이 당신 지시대로 부치겠습니다. 네, 내용을 보지 않고 … 누구한테도 … 어머니에게도 비밀을 밝히지 않을 테니, 아무쪼록 안심하십시오. 저는 당신을 끝까지 믿을 테니까요. 저는 당신이 마음껏 원한을 푸시는 것 이외에 달리 아버지의 … 아버지 속죄 방식을 모르니까요 ….

하지만 … 그것은 그것이구요. 오사카에 가시면 꼭 소식을 주십시오. 부디 … 아시겠죠."

그렇게 말하고 아이코 씨는 단지 눈물을 한 방울 똑 떨어뜨리셨습니다. 그리고 그 눈물을 닦으려고도 하지 않은 채 뛰어서 다가와서 제 손을 꼭 감싸 주셨습니다. 헤아릴 수 없이 많은 의미가 담긴 악수 ….

그래서 제 사전 준비는 끝났습니다.

제가 오사카에 가는 것을 승낙했을 때 부모님이 기뻐하는 방식과 일부러 찾아오신 교장 선생님이 칭찬하시는 방식은 그것은 정말 대단했습니다. 그리고 그때 제가 말한 무리한 부탁 … 오사카에 가는 것을 아무에게도 알리지 않고, 딸랑 혼자 떠나고 싶다, 오사카 신문사의 지국에도 인사하지 않은 채, 지금부터 바로 출발하고 싶다는 제멋대로의 부탁도 그리 끼다로이 말씀하시지 않고 승낙해 주셨습니다.

그러나 저는 오사카에 가지 않았습니다.

사은회가 있던 그 날 저녁에 새 양장과 핸드백 하나의 가뿐한

복장으로 부모님에게 작별을 고하고 집을 나오기는 나왔지만, 그 길로 곧바로 도노미야 시가쿠(殿宮視学) 댁을 찾아뵙고 드디어 오사카에 간다고 하고 억지로 아이코 씨를 불러낸 저는 함께 서양정(西洋亭)에 올라가서 둘이서 맛있는 요리를 시키고 작별의 만찬을 들었습니다. 그리고 둘이서 모던 사진관에 가서 기념사진을 찍고 거기 사진관 살롱에서 둘이 껴안고 길고 긴 입맞춤을 했는데, 두 사람 모두 눈물에 젖어 서로의 얼굴이 보이지 않을 정도였지요.

그러고 나서 제 계획을 전혀 모르시는 아이코 씨가 꼭 전송하겠다고 해서 정거장에 오셔서 어쩔 수 없이 오사카에 가는 체하고 기차에 타기는 탔지만 금방 도중 역에서 내려 차로 되돌아가서 이 도시의 변두리에 있는 적적한 여인숙에 묵었습니다. 그리고 근처의 헌 옷 가게에서 사 온 검은 신사복에 검은 헌팅캡(사냥모자), 검은 안경이라는 검정 일색의 복장으로 남자 같이 걸음을 걸으면서 열심히 교장 선생님을 미행하기 시작했습니다. 손에 든 학생용 휴대용 자루에는 길고 튼튼한 삼끈과 검은 수자(繻子)의 복면용 보자기와 구식의 손에 익은 코닥(Kodak)[48] 그리고 최신식 소형 플래시램프, 양초성냥(蠟マッチ)[49], 사진 종이

---

48) 코닥(Kodak) : 미국 이스트먼 코닥사에서 만든 소형 카메라.
49) 양초성냥(蠟マッチ) : 양초를 먹여 굳힌 면사(綿絲) 끈을 개비로 써서 만든 성냥

를 자르기 위한 안전 면도칼을 넣어두었는데, 이것은 전날 밤 여인숙 지붕에서 사용법을 연구해 둔, 연습이 끝난 물건들로 교장 선생님으로서는 총이나 독가스보다도, 그 무엇보다도 무서운 제 복수 무기입니다.

그런 것이라고는 꿈에도 모르셨겠지요. 오히려 저를 오사카로 쫓아버려 이제 한 시름 놓았다고 생각하셨겠지요. 교장 선생님은 사은회가 있었던 이튿날 24일 저녁에, 어딘가로 출장 가시는 차림으로 차분한 모닝코트에 중산모자를 쓰시고 서류가방 등을 소중히 부둥켜 들고 하숙집에서 나가셔서는, 땅거미가 지기 시작한 마을을 따라 조금 서둘러서 교외에 나가, 덴진노모리(天神の森) 쪽으로 걸어가셨습니다. 그러고 보니 … 라고 설레는 가슴으로 열심히 뒤쫓아가니 아니나 다를까 덴진노모리에는 전통 복장을 한두 명의 신사분이 기다리고 계셨습니다. … 늘씬한 그림자와 땅딸막하고 키가 작은 그림자 … 그 사람들은 가까이 가보니, 역시 내가 상상한 대로 꼽추 가와무라 서기와 미남자 도노미야 시가쿠 씨가 틀림없다는 것을 알았을 때 제 기쁨은 어떠했을까요?

덴진노모리 밖의 국도에는 실내조명을 끈 장막이 달린 자동차가 3명의 젊은 기생을 태우고 조용히 기다리고 있었습니다. 그것을 알아차린 저는 휴대용 자루를 허리에 매달고 검은 보자기로 재빠르게 복면을 하고 3명이 자동차에 타자마자 거의 동시에 땅거미를 틈타 스페어타이어 쪽으로 바짝 붙이고는 작게 웅크리면서 흔들리며 갔습니다. 그리고 그 자동차의 행선지가 제가 상상한 대로 온천 호텔인 것을 알았을 때, 안심감과 만족감 … 모험심과 호기심 … 그것은 얼마나 두근두근하고 설렜을까요? 제 복수는 죄다 처음부터 온천 호텔을 목표로 삼아 연구하고 계획하고 있었으니까요 …. 그리고 그것이 이미 첫 번째 날 맨 처음부터 쑥쑥 생각대로 진행되어 가기 시작했으니까요 … .

하지만 제가 사소하고 즉흥적인 착상에서 그런 장난을 쳤을 때, 차 속의 분들이 얼마나 깜짝 놀라셨을까요?

그 차가 시보레 오픈카인 것은 정말 하늘이 도운 것인지도 모릅니다. 게다가 제가 우연히 안전 면도칼을 준비하고 있던 것은 그야말로 하나의 기적이었는지도 모릅니다. 덜컹거리는 차체 속에서 엉망으로 까불며 떠들고 계셨던 3명은 제가 안전 면도칼로 아이 홀(엿보는 구멍) 주위를 U자형으로 잘라내는 것을 전혀 눈치채시지 못했습니다.

그 구멍을 통해 한 손을 집어넣었을 때 교장 선생님은 가장 왼쪽의 가장 귀여운 무희를 뒤에서 부둥켜안고 계셨는데 그 무희의 꽃 비녀와 뒤로 젖혀 쓰고 계셨던 중산모자를 빼앗아 차에서 뛰어내려 도망쳤을 때, 제 다리 힘이 얼마나 도움이 되었는지… 젊은 운전사가 "도둑이야, 도둑이야"라고 외치면서 필사적으로 뒤쫓아 오기는 왔지만, 날이 저문 지 얼마 안 된 평탄한 국도인걸요.

오른손에 꽃 비녀를 왼손에 휴대용 자루를 부둥켜안고 모자를 꽉 입에 문 저는 그리 헐떡이기 전에 쑥쑥 추격하는 사람을 떼어놓아 버렸습니다. 그리고 도시로 되돌아가서 깜짝 놀라고 계신 도노미야 아이코 씨를 살짝 불러내서, 제가 일하는 사이에 생각지 못한 물건을 수확한 것을 알리고 마음으로부터 서로 기뻐할 수 있었습니다.

따라서 바로 그 중산모자와 꽃 비녀는 지금도 도노미야 아이코 씨의 수중에 있을 것입니다. 이 편지를 보신다면 곧바로 아이코 씨한테 받으러 가서 보십시오. 어떤 극적인 장면이 전개될지 모릅니다만….

그러나 제가 진정으로 목표로 한 일은 아직도 남아 있습니다. 그 정도의 일로 반성하실 교장 선생님이 아닌 것을 잘 알고 있으니까요.

아마카와 "아이코 씨… 교장 선생님이 진정으로 후회하시고 어머니에게도 사죄하시면 이 모자와 꽃 비녀를 드리세요. 그래도 만일 교장 선생님이 받으러 가시지 않는다면, 이 두 물건은 어머니와 의논하셔서 좋으실

대로 처분해 주세요."

그런 말을 남기고 저는 곧바로 다른 세단을 불러 일직선으로 온천 호텔을 향했습니다.

아…온천 호텔…그 유명한 온천 호텔은 제가 교장 선생님에게 복수를 결심하기 전부터 호기심에 사로잡혀 몇 번이나 학교에서 돌아오는 길에 온천철도를 타고 가서 안쪽에서 바깥쪽으로 둘러보고 꼼꼼하게 탐색했던 집이었습니다. 그리고 이번 일…제 평생을 희생하고 착수한 일은 이 집 이외의 곳에서는 절대로 완수하지 못할 일을 깊이 예상하고 계산에 넣는 중이었습니다.

저는 교장 선생님 일행이 아마 뒤로 물러나시지 않을 것을 믿고 있었습니다. 오픈카의 엿보는 구멍을 잘라내고 그런 장난을 치고 간 수상한 녀석이, 무엇을 목적으로 한 사람인지를 그때의 3명은 알 리가 없습니다. '하물며 이미 아주 오랜 옛날에 오사카에 도착했을 제가 그런 일을 했다고 눈치채실 리는 없다. 그리고 모처럼 셋이 다 모여 결심하신 오늘 밤의 계획을 이 정도의 일에 깜짝 놀라 그만두실 리도 없다. 그냥 아라비안나이트 같은 이상한 재난에 놀라시고 왁자지껄 떠드실 뿐 그대로 서둘러 길을 가시려 했다라는 것을 저는 거의 100% 믿고 있었습니다.

그래서 저는 온천 호텔 앞을 조금 지나친 유노카와바시(湯の

川橋) 옆에 차를 세우게 했습니다.

그리고 나서 좁은 노지를 따라 저는 온천 호텔 3층 옆으로 나와서 저기 어두운 판자울 뒤에서 오랫동안 귀를 기울이고 있는 사이, 높디높은 3층 창을 통해 밝은 불빛과 함께 희미하게 새어 나오는 교장 선생님의 웃음소리를 들은 저는, 후유하고 안도의 가슴을 쓸어내렸습니다. 그리고 곧바로 소리를 내지 않도록 판자울을 타고 넘어 비상 사다리를 타고 3층 비상구까지 갔어요. 거기에서부터 튼튼한 동으로 만든 물받이를 따라 처마 끝에서 뱅그르르 거꾸로 오르기를 해서 지붕 위로 나왔는데 그 아무리 대담한 저⋯화성 여자도 그 거꾸로오르기를 했을 때, 아득히 눈 아래의 암흑의 밑바닥에 있는 석등에 비친 화강암으로 포장된 길을 힐끗 내려다봤을 때는 나도 모르게 식은땀이 났습니다.

그런 고심을 하고 간신히 목적한 빨간 기와지붕 꼭대기에 기어 올라간 저는 입에 물고 온 휴대 자루 속에서 꺼낸, 가는 삼노끈의 한 가운데를 지붕 중심에 있는 피뢰침 밑에 연결하고 그 끝을 내 몸 한복판에 감아 두르고 양손으로 번갈아 끌어당기며 가파른 빨간 기와의 경사면을 내려갔습니다. 그리고 시붕 끝 돌받이 있는 곳으로 얼굴만 내밀고 바로 밑의 회전창 너머로 방안을 들여다보았습니다.

온천 호텔 3층은 전체가 하나의 조망용 살롱같이 되어있었습니다. 잔뜩 찌푸린 날씨라서 무더웠던 탓이겠지요. 창 위쪽이 전부 개방되어 있어서 안쪽 모습이 구석구석 손바닥 보듯이 보였습니다.

저는 제가 상상한 이상이었던 그때의 그 방안의 모습을 쓸 용기가 없습니다. 단지 필요한 것만 써 두겠습니다.

커다란 종려죽(棕梠竹)과 파초(芭蕉)와 칸나의 화분, 그리고 각종 사치스러운 모양의 긴 의자를 배합한 금빛 일색의 방안에서는 체격이 좋은 도노미야 시가쿠 씨와 오싹할 정도로 희게 빛나는 등의 혹을 드러낸 가와무라 서기와 머리가 벗겨진 곰 같이 털이 부석부석한 교장 선생님이 차로 데리고 오신 3명의 젊은 여성 외에 이 지역의 기생이겠지요. 노기(老妓) 2명과 도합 5명의 한심스러운 모습의 여성들을 상대로 하도 기뻐서 어찌할 바를 모르게 야단법석을 떨고 계셨습니다. 짐승인지 인간인지도 모르는 모습과 소리로 춤을 추고 뛰고 굴러다니고 기어 다니고, 또는 웃으며 돌아다니거나 울며 돌아다니고 계셨습니다.

저는 잠시 동안 망연자실한 채 그런 광경을 넋을 잃고 보고 있었습니다.

'현대 문명은 남성을 위한 문명'이라고 말씀하신 교장 선생님의 말씀을 생각해내면서, 이런 요괴와 같은 인간과 미인들의 난무(亂舞)50)를 태어나서 처음 눈앞에서 보고 정신이 아찔해질 정도로 질려 있었는데, 이윽고 정신을 차린 저는 지붕 끝에 몸을 거꾸로 하면서 침착하게 코닥제 카메라의 초점을 맞췄습니다. 그리고 일부러 양초 성냥을 한 개 탁 긋고 나서 다들 이쪽을 향하신 순간을 확인하고 플래시를 켰는데, 강하고 파란빛은 죽 맞은편 큰 방의 건너편까지도 도달한 듯이 생각했습니다.

제가 플래시램프를 눈 아래의 깊은 나무숲 속에 던져 버리자 긴 의자 위에서 흥겹게 놀고 있던 여성 중에는 꺅꺅 소리 지르며 옷을 입으려고 한 사람도 있던 것 같았습니다.

"뭐였지? 지금 것은…"

"무섭게 빛나지 않았나?"

"끔벅끔벅한 것 같아."

"별이 날아간 거야."

"멍청한 소리 하지 마. 오늘 밤은 흐리잖아?"

"아뇨. 별도 구름을 뚫고 흐르는 일이 있어요. 빛이 강해서 금방 코끝처럼 보이는 적이 있어요. 나는 한 번 보았는데… 어릴 때…"

"오늘 밤은 뭔가 이상한 일이 생기는 밤이군."

"마치 창 바로 밖에처럼 보였던 것 같은데 말이야."

그렇게 말하고 교장 선생님이 느릿느릿 창 쪽으로 가까이 오

---

50) 난무(亂舞) : 어지럽게 춤을 추는 것.

시는 것 같았습니다. 그 순간 정말 재미있어진 저는 다시금 하나의 장난을 생각해냈습니다.

사진기와 휴대용 자루를 깊은 물받이 안에 깊이 넣은 저는, 재빨리 머리카락을 풀어 길고 헝클어지게 하고 늘어뜨렸습니다. 와이셔츠의 가슴 부분을 검은 보자기로 가리고 과감하게 몸의 절반 이상을 지붕 끝에서 앞으로 쑥 내밀었습니다. 검은 머리카락을 거꾸로 흩날리면서 숨이 막힐 정도로 가늘고 슬픈 듯한 목소리로 외쳤습니다.

아마카와 "모리스 선생님, 선생님…"

방안에서 흘러나오는 밝은 전등 빛으로 창밖의 제 얼굴을 발견하신 교장 선생님은 창틀을 잡은 채, 눈을 새하얗게 크게 뜨고 저를 노려보셨습니다. 한심스럽게 알몸인 채로 헤벌쭉하게 열린 입속에서 하얀 혀를 축 늘어뜨리고 계셨습니다. 그 모습이 너무나도 웃겨서 나는 엉겁결에 소리 높여 웃음을 터뜨렸습니다. 방안이 제 웃음소리에 따라 모두 일어섰습니다.

아마카와 "… 호호호 … 하하하하하 … 히히히히히 …」
"어라! … "
"꺅꺅 … ."
" 누가 왔나? … "

라고 다들 비명을 지르면서 갈팡질팡하면서 남의 옷을 끌어당겨 껴안고 도망쳐 나가는 여자 … 그대로 입구 쪽으로 뒹굴어가는 여자 … 기절한 채 의자 위에 뻗어버린 사람 … 넘어지는 의자 … 뒤집히는 테이블 … 부서지는 컵과 접시나 작은 사발 … 분주하게 돌아다니는 빈 병 소리 … .

한밤중에 3층 처마 끝에서 거꾸로 머리카락을 늘어뜨리고 웃고 있는 여자 목을 보시면 누구 할 것 없이 사람이라고 생각되지 않겠지요.

그것이 얼마 후 쥐 죽은 듯 조용해지자, 뒤로는 교장 선생님과 마찬가지로 저와 서로 노려본 채로 막대 모양으로 곧추 서 계시는 도노미야 시가쿠 씨와 가와무라 서기가 남았습니다. 그 세계에서도 익살스러운 모습의 세 사람의 얼굴을 둘러보자 저는 다시금 과감하게 높은 소리로 마음속에서 웃었습니다.

> 아마카와 "호호호 … 오호호호호 … 제가 누군지 아십니까? … 교장 선생님 … 도노미야 씨 … 가와무라 씨 … 화성 여자예요 … 오호호호 … 이히히히 … 아하하하 … "

교장 선생님은 눈알을 하얗게 하고 혀를 축 늘어뜨린 채 큰 지진을 겪은 불상처럼 벌렁 자빠진 모양으로 털썩 쓰러져 버리셨습니다. 그것을 다른 두 사람은 쳐다보지도 않으신 채, 제 얼굴을 매섭게 쏘아보며 막대 모양으로 곧추서 계시는 것 같았는데, 저는 그대로 줄을 양손으로 번갈아 끌어당겨서 원래 있던 지붕 꼭대기로 돌아갔습니다. 납죽 엎드린 채 후유… 하며 한 번 한숨을 쉬고 마음을 가라앉혔습니다.

저는 이미 그때 일어날 수 있을지 어떨지 알 수 없을 정도로 피곤한 것을 알았지만, 그러나 계속 쉬고 있을 수는 없었습니다. 도망친 기생들이 옷을 입고 나서 호텔 사람들에게 알린 것 같아서 아래쪽에서 시끌벅적 소란피우며 돌아다니는 소리가 났습니다. 그에 따라 낡아빠진 비상 제등이 두 개 세 개 눈 아래 멀리 있는 정원 속에 튀쳐나온 것 같았지만, 저는 전혀 당황하지 않았습니다.

중요한 사진기를 넣은 휴대용 봉지를 꽉 입에 물고는, 피뢰침에 묶어 놓은 끈을 내버려 둔 채 지붕 꼭대기로 올라와서 반대쪽 쑥 내민 끝으로 왔습니다. 거기서 구름 사이로 새어 나온 아름다운 별빛을 바라다보았을 때, 저는 왠지 가슴이 꽉 차고 눈 속에 눈물이 고여 애를 먹었습니다. 그대로 지붕 비탈면을 달려 내려가 어두운 정원의 포장도로에 뛰어내려 죽어버리고 싶은 충동에 사로잡혔지만, 아래쪽에서 비상 사다리로 올라오는 오싹한 발소리를 듣고 정신을 차렸습니다. 그리고 바로 발아래에 있는 라디오 안테나를 따라 옆 건물 용마루 2층 지붕에 내려섰습니다. 그러고 나서 지붕 가까이 큰 소나무 가지에 매달려서 판자울 밖으로 내려왔습니다. 그 후로 논두렁길 옆으로 잘게 썰어 놓은 듯한 지름길로 달려서, 곧장 온천 철도의 정거장에 와서 간신히 마지막 기차를 타고 1시간 이내에 마을 여인숙으로 돌아왔습니다. 여인숙의 제 방에는 제대로 잠자리가 펴져 있었습니다. 그 머리맡에 쓰디쓴 약처럼 다 빠져 버린 차가운 차가 놓여 있어서 저는 앉자마자 벌컥벌컥 두세 잔 연속해서 마셨는데 그 맛이 기가 막혔습니다. 조금 전에 온천 호텔 지붕 위에서 죽고 싶어졌을 때와는 정반대로 용기가 백배나 생긴 것 같았어요.

그 날 밤 필름 현상은 100% 잘 되었습니다. 작은 필름이지만 한심스러운 모습의 세 남성과 다섯 명의 여성이 딱 이쪽을 향하고 있는 광경이 무척 확실하게 느껴져 확대해 볼 필요도 없었습니다. 이런 일이라면 그렇게까지 힘들여서 모자니 꽃 비녀를 나중에 쓸 증거로 강제로 빼앗는 모험을 하지 않아도 되었을 텐데 하고 혼자서 우스워졌습니다. 그리고 그 날 밤부터 이튿날까지 저는 큰 만족을 느끼며 쉬었습니다.

그리고 정오 지나서 일어난 저는 곧바로 전속력으로 이 편지를 쓰기 시작했습니다. 이렇게 긴 편지를 3통이나 쓰고 있는 사이에 한밤중이 될지 어쩌면 밤이 다 샐지도 모르지만, 그래도 저는 상관없습니다. 밤이 새기 전에 어젯밤 사진을 인화해서 서너 장씩 편지에 들어갈 수 있도록 해 둘 생각입니다.

저는 이 편지를 3통 모두 각각 다른 수신인 이름의 봉투에 넣고, 부탁드린 순서대로 부쳐 달라고 써넣은 것을 동봉하여 내일 26일 밤 온 도시가 모두 잠들어 고요해진 시각에 아이코(愛子)씨 댁의 우편함에 넣어 둘 것입니다.

그리고 훨씬 전에 학교의 화학 교실에서 훔쳐 둔 ××××탈지면과, 어제 사 둔 △△△△과 △△△을 가지고 바로 그 모교의 추억의 폐가에 몰래 들어갈 예정입니다.

거기에 쌓여 있는 짚과 대나무와 종이투성이의 운동회 용구를 겹겹이 쌓고 △△△△를 끼얹습니다. 그리고 나서 덮개가 없고 불꽃이 그대로 나오는 양초를 △△△△로 젖은 다다미 위에 바로 두고 20분 정도 지나면 그 근방이 죄다 불바다가 되도록 해 둡니다. 그리고 ××××를 잔뜩 적신 솜으로 얼굴을 덮고 겹겹이 쌓아 둔 연료 밑에 들어갈 생각입니다. 저는 휘발유 냄새만 맡아도 금방 빙빙 돌기 때문에 ××××를 많이 맡으면 아직 불이 나기 전에 과도하게 마취가 되어서 정말 죽어버릴지도 모릅니다.

모리스 교장 선생님 ….

저는 이렇게 당신이 저를 여자로 만들어 주신 은혜에 대해 보답하겠습니다. 그것과 함께 제가 사랑하는 마음으로부터의 애인, 도노미야 아이코 씨에게 진정한 의미의 효도를 하게끔 하고 싶습니다. 저는 이렇게 모든 것을 청산하지 않으면 원래의 허무로 돌아갈 수가 없습니다.

  부디 화성 여자 사후의 고별 선물, '구로코게 소녀'의 시신을 받아 주십시오.

  제 육체는 영원히 당신의 것이니까요.

  퉤 - 퉤 ⋯ .

■ 역자 소개

• 박용만(朴用萬)

인하대학교 일어일본학과 졸업
일본 츠쿠바(筑波)대학 대학원 현대문화공공정책학과 졸업
언어학 박사(言語学博士)
전공:일본어학(일본어문법·일본어교육·일본어통번역)
(현) 인하대학교 일본언어문화학과 강사

역서 : 『고가 사부로(甲賀三郎) 단편 추리소설』〈共譯〉(2022)
논문 : 「翻訳に現れる日韓『受益構文』の比較研究 -記述的文法の観点から-」일본어문학 Vol.92 (2021), 「한일 수익구문(受益構文)의 조사삽입 현상」日本語教育 Vol.87 (2019), 「受益構文とアスペクト性について」일본학보 Vol.99 (2014)

■ 감수

• 이성규(李成圭)

(현)인하대학교 교수, 한국일본학회 고문, (전)KBS 일본어 강좌「やさしい日本語」진행, (전)한국일본학회 회장

한국외국어대학교 일본어과 졸업, 일본 쓰쿠바(筑波)대학 대학원 문예·언어연구과 (일본어학) 수학, 언어학박사(言語学博士)

전공 : 일본어학(일본어문법·일본어경어·일본어교육)

저서 : 『도쿄일본어』(1-5), 『현대일본어연구』(1-2)〈共著〉, 『仁荷日本語』(1-2)〈共著〉, 『홍익나가누마 일본어』(1-3)〈共著〉, 『홍익일본어독해』(1-2)〈共著〉, 『도쿄겐바일본어』(1-2), 『現代日本語敬語の研究』〈共著〉, 『日本語表現文法研究』1, 『클릭 일본어 속으로』〈共著〉, 『実用日本語』1〈共著〉, 『日本語 受動文 研究の展開』1, 『도쿄실용일본어』〈共著〉, 『도쿄 비즈니스 일본어』1, 『日本語受動文の研究』, 『日本語 語彙論 구축을 위하여』, 『일본어 어휘』Ⅰ, 『日本語受動文 用例研究』(Ⅰ-Ⅲ), 『일본어 조동사 연구』(Ⅰ-Ⅲ)〈共著〉, 『일본어 문법연구 서설』, 『현대일본어 경어의 제문제』〈共著〉, 『현대일본어 문법연구』(Ⅰ-Ⅳ)〈共著〉, 『일본어 의뢰표현Ⅰ』, 『신판 생활일본어』, 『신판 비즈니스일본어』(1-2), 『개정판 현대일본어 문법연구』(Ⅰ-Ⅱ), 『일본어 구어역 마가복음의 언어학적 분석(Ⅰ-Ⅳ)』, 『일본어 구어역 요한복음의 언어학적 분석(Ⅰ-Ⅳ)』, 『일본어 구어역 요한묵시록의 언어학적 분석(Ⅰ-Ⅲ)』

역서 : 『은하철도의 밤(銀河鉄道の夜)』, 『인생론 노트(人生論ノート)』〈공역〉,
『두 번째 입맞춤(第二の接吻)』〈공역〉
수상 : 최우수교육상(인하대학교, 2003), 연구상(인하대학교, 2004, 2008)
서송한일학술상(서송한일학술상 운영위원회, 2008), 번역가상(사단법인 한국번역가협회, 2017), 학술연구상(인하대학교, 2018)

초판 1쇄 2022년 11월 30일
초판 2쇄 2025년 02월 15일
옮 긴 이 박용만
감　　 수 이성규
발 행 인 권호순
발 행 처 시간의물레
주　　 소 경기도 파주시 숲속노을로 150, 708-701
전　　 화 031-945-3867
팩　　 스 031-945-3868
전자우편 timeofr@naver.com
홈페이지 http://www.mulretime.com
블 로 그 http://blog.naver.com/mulretime
I S B N 978-89-6511-412-3 (03830)
정　　 가 13,500원
ⓒ 2022 박용만
* 잘못된 책은 바꾸어 드립니다.